Cause I'll never

be with you.

再 不 需 要
靠 近 你

Cause I'll never

be with you.

Middle

著

目錄・CONTENTS

Cause I'll never

be with you.

01

/

你好嗎

Cause I'll never
be with you.

後來
不是你忘掉他了
不是你找到一個人
可以將他代替

就只是
你沒有再主動找他
沒有再讓誰人知道
你對這一個人
還有多少在乎

Cause I'll never
be with you.

夜深，放在辦公桌上的手機，忽然震動了一下。

她正準備離開公司，順手提起手機來看。

見到了一個訊息。

『你好嗎』

一個已經很久很久沒有見過的名字。

一個很久沒有聯繫，沒有再見的人。

原本站著想要離開的她，不自覺地坐回椅上。

五分鐘後，她看到他的手機仍然「在線」，於是按鍵輸入：

「有什麼事嗎？」

但在發送之前，她還是將訊息刪除，最後這樣回覆：

「好」

「你呢？」

不一會，他這樣回道：

『都好』

『很久不見了』

『最近天氣漸涼，不知道你有沒有穿夠衣服』

她想起，從前的他，常常都會在短訊裡提醒她，不要著涼。

那個秋季，他們每天都會短訊，隔天都會見面，他很喜歡待在她的身旁。

她很喜歡，他外套上的氣味，他笑起來的時候，那點溫暖。

但現在，都過去了。

她以為，應該早已過去。

「有穿」

「你呢」

「還有沒有經常胃痛」

他的工作很忙，經常都要加班，食無定時。

當時再忙也好，他從來都不會失約，也不會錯過每一次與她晚飯的機會。

因此每次上街，她都會在手袋裡放兩顆胃藥，以備不時之需。

然後來到這天，不經不覺，三年過去了。

這一個習慣，始終都沒有改變。

『現在很少胃痛了』

「嗯」

「聽說你找到新的工作」

『是的，現在沒有以前那樣忙』

「好像也找到新的女朋友？」

然後，他有好一段時間，沒有回覆。

她一直看著手機螢幕。

螢幕也一直顯示著，他的狀態「正在輸入」。

她不禁有些無奈，自己為什麼會忍不住，傳送那一句話。

為什麼自己還會耿耿於懷。

那時候，她原本以為，自己最後會和他走在一起的。

那時候，他明明有牽起過，她的手。

但不知道為何，他最後始終都沒有向她告白。

也不知道為什麼，自己最後會和他漸走漸遠，不再往還。

後來她聽說，他和另一個她不認識的女生，在一起。

然後有一次，她在街上遠遠看到他，他當時的身邊，有一個笑得很甜的女生。

然後她才發現，自己原來有多喜歡他。自己原來有多麼後悔，沒有去留住這一個人。

留住這一個，最後都沒有為自己停留的誰。

『現在都沒有時間拍拖了』

最後，他這樣回覆。

只是她覺得，這不過是一種語言偽術。

沒有時間，不等於沒有對象，不等於沒有喜歡的人。

從他日常的 IG 更新，她可以猜到，他現在應該已經有女朋友了。

那一張與誰手牽著手的照片，那一個在咖啡店裡，兩件蛋糕並排的 stories。

「你找我，是有什麼事嗎」

她告訴自己，他一定是有什麼事情，這夜才會主動傳訊息過來。

畢竟，這些日子以來，他連一句「生日快樂」，也沒有傳送過給自己。

『嗯』

『記得我以前，給過你一串後備門匙嗎？』

果然如此，她心裡想。

「記得」

「怎麼了」

那時候，他一個人居住，有好幾次他都因為出門時忘了帶門匙，結果都要花錢請師傅開門，才可以回家。

於是有一次，她向他提議，可以留一串後備門匙放在公司裡，這樣就算忘了帶門匙上班，也不用擔心下班後無家可歸。

怎知道，第二天，他配了一串後備門匙給她，說要將門匙放在她那裡。

「為什麼要放在我這裡？」

她當時口裡雖然這麼說，但心裡的緊張與震撼，卻是有生以來的第一次。

　　「因為我經常都會見到你嘛，而且你的手袋有空位，放在你這裡就最方便。」

　　他笑著對她說，但是她無法從他臉上的表情得知，他對這一件事是有多認真，他特意將這一串門匙留給自己，是不是有任何一點的暗示，還是其實就只是她自己想得太多。

　　只是，她最後還是答應了他，替他保管這一串後備門匙。

　　只是，她最後還是沒有到過他的家。

　　即使後來有多少次，她一個人在他的家樓下，默然走過。

　　『是這樣的，我上星期已搬家了』

　　『然後我這天想起，後備門匙這件事』

　　『我不知道你還有沒有留著』

　　『如果還有，請你幫我丟掉……麻煩你了』

她看著手機螢幕。

一串淚水，悄然地從右邊滑落。

放下手機，她打開辦公桌的抽屜。

在深處找出了一串門匙。

一串最後都始終沒有用過的門匙。

「那串門匙，我早已經丟了」

『是嗎』

『那就好』

她拿著門匙，輕輕呼一口氣。

在手機裡輸入「以後不要再輕易給人門⋯⋯」，但她又停
住了。

最後，將已經輸入的全部刪除。

就只是這樣寫道：

「沒其他事了嗎」

『沒有了』

『謝謝你』

然後她一直強忍著，要自己不要再回覆。

然後，她一直強忍，一直強忍。

Cause I'll never
be with you.

直到第二天醒來，他沒有再傳來其他的訊息。

直到那一串門匙，後來終於被她捨得從手袋裡，丟進了深海。

他看著手機，看著自己最後一個傳送的「謝謝你」。

看到她的訊息狀態，從「在線」變成了「離線」。

他原本還想輸入最後一句話。

「祝你幸福」

但最後，他還是沒有傳送出去。

他遙遙看著，她上班的那幢大樓。

遙遙看著，她從大樓走出來，上了一輛房車，是她未婚夫所駕駛的房車。

他告訴自己，一切都已經完結，都要過去了。

只要知道她過得好，只要知道她會幸福。

一切最終都會漸漸地變成過去。

你有沒有過去都好，也已經不再重要了。

02
/
定期

Cause I'll never
be with you.

有多少人以朋友的名義
默默愛著另一個人
有多少人以朋友的名義
默默陪伴另一個人
有多少人以朋友的名義
默默思念另一個人
有多少人以朋友的名義
默默告別另一個人

Cause I'll never
be with you.

你有沒有一些朋友，每隔一段時間，就會相約見面，出來吃一場飯，或四處去散步，聊聊彼此的近況，分享一些心事。

　　夜了，就送對方到車站，說一聲再見，或約定下一次，何時再見⋯⋯

2022 年 10 月 2 日
· · · · · · · · · · · · · ·

　　「我們多久沒見面呢？」

Cause I'll never
be with you.

　　在服務生端上餐湯後，她忽然笑著問他。

　　「嗯⋯⋯」

　　他默然了一下，像是在計算時間。但其實他不用計算，他記得很清楚。最後他回道：「應該快七個月吧。」

　　「原來這麼久了嗎？」她莞爾。

　　「沒法子，最近大家都忙。」他拿起湯匙，喝了第一口湯。

　　「嗯⋯⋯Daisy 最近好嗎？」

「她沒什麼特別的，還是這樣子⋯⋯最近她媽媽病了。」

「是什麼病呢？」

「都是一些老人病，例如容易腳痛，要帶她看骨科，而且記性也開始轉差⋯⋯要多點陪伴、在旁照顧。」

「我爸爸也是這樣，你吩咐過他的事情，過一會兒他就忘記了⋯⋯人老了，都會變這樣子吧。」說完她輕輕嘆一口氣。

他抬頭看了她一眼，然後一邊舀著湯，一邊打趣笑問：「你呢，你將來也會是這樣嗎？」

Cause I'll never
be with you.

「我不知道呢，但我知道你這小器鬼，即使老了，一定還會記得很多事情。」

「什麼小器鬼，我是記性好。」他苦笑。

「哼哼。」

「你呢，最近在忙什麼呢？」

「都在忙新 studio 的事情，裝潢與水電那些終於都弄好了，

下星期就正式開張，這兩天都在忙著要邀請什麼人，然後下星期五就已經有三個 project 要拍攝了，我都快分身乏術。」

「有客人欣賞你的作品，這樣才是好事呢。就算是忙也是值得。」

「是的，但最近我都覺得自己老了，體力開始大不如前。」

「你三十歲還沒到，學人認什麼老。」他莞爾。

「也是的，怎樣也不及你老。」

她不忘向他還擊，他上個月剛過了三十二歲的生日。

這時服務生送上了主菜，他問她：「待會晚飯後，你要趕著回家嗎？」

她輕輕點一下頭，說：「Teddy 說有些相片，想要我幫他做最後調整，所以待會我打算乘的士回去。」

他讓自己微笑一下，說：「嗯，那我們快點吃吧。」

2021 年 9 月 18 日

・・・・・・・・・・・・・・・

「終於見到你了。」

甫坐下，她就忍不住向他抱怨。

「我有很難約嗎？」他苦笑一下。

「上星期不論我如何約你，你都沒空。」

「你突然傳短訊來問我第二天有沒有空，剛巧我都有約，你還想我怎樣。」他忍不住嘆氣。

「知道了知道了，知道你是壽星仔，你最忙了。」說完，她從手袋裡取出一份包裝精美、大約手心大小的禮物，放到他的面前。然後她說：「雖然遲了，但還是祝你生日快樂。」

「謝謝你。」他拿起禮物，看了一會，問她：「我現在可以拆禮物嗎？」

她看著他微笑點一下頭。於是他小心將包裝紙拆開，見到裡面是一款最新型的無線降噪耳機。

「你怎知道我想要這款耳機？」

他問她，她卻只是繼續看著他微笑，沒有回答。

「你知道嗎，之前我想買這款耳機，但是一直都缺貨，我幾乎就想要到外國的網站郵購回來了……」

「Teddy 也是這樣說。」她突然插話，看到他也將目光放到她臉上，接著說：「他說這牌子的耳機音質很好，降噪功能尤其出色……雖然其實我聽不太懂，但他說你應該會喜歡這份禮物。」

「嗯，喜歡的。」

他輕輕回說，將耳機重新用包裝紙包好，收在自己的背包裡，又跟她說了一聲「謝謝」。

接著她拿起了餐牌，想看看要吃些什麼。他也看著自己的餐牌，忽然想起，這次是誰提議要到這一間日本餐廳？嗯，是她提議的。只是為什麼想要到這間餐廳，她在訊息裡也沒有特別說明。過了一會，她說：「我想吃丼飯，我們一人點一個丼飯，好嗎？」

他應了一聲「好」，於是他們向服務生各自點了一客丼飯。過了一會，他問她：「最近好嗎？」

「最近還不錯啊。」

「你和 Teddy 好嗎？」

「都不錯……他很成熟，很懂得照顧我的感受，和他在一起，可以感到一種安心，我們都不是喜歡爭吵的人，遇到什麼問題，都可以慢慢商量，然後一起去找出共識。」

「嗯，我覺得這樣很好。」

「將來如果有機會，就介紹你們認識吧。」

「我對男性沒有興趣啊。」他作狀地打了一個呵欠。

「但我覺得你們會很投緣呢。」她這樣說，微笑看著他。

但是他沒有回應，這時服務生送上了丼飯，他立即挾了一塊刺身來吃，大讚好吃。她被他的誇張表情感染，也挾了自己丼飯的刺身來吃，卻覺得好像沒有上次光顧這間店時那樣美味。但最後她還是沒有說什麼，就只是靜靜地繼續聽他將話題帶開。

Cause I'll never
be with you.

晚飯完後，他很快便送她到附近的車站乘車。上車後，她看看手錶，還只是九時。她心裡感到一點失落，但是她不想再細想，這點失落會出現的真正原因。

2021 年 6 月 25 日
· · · · · · · · · · · · · ·

晚飯後，她說想去海邊散步。

於是他陪著她，走了二十分鐘的路，去到中山紀念公園的海旁。

她留意到，他的後頸滿是汗水，她想起他怕熱，心裡有點過意不去。於是她說：「我們坐在這裡吧。」

他說一聲「好」，然後兩人倚著欄杆，對海而坐。

「很久沒有看海了。」

「上一次看海，是什麼時候呢？」他問。

「好像快兩年前了。」

「嗯。」

「想告訴你……我沒有再找他了。」

「剛才晚飯時我也想問你，但聽到你沒有提起，所以我也不敢胡亂發問。」他對她做個鬼臉。

她嘆一口氣，微微笑道：「就算再找他，又有什麼意義呢……明知道我們不可能再在一起，再繼續糾纏也不過是自尋煩惱。」

「但他依然是你最放不下的人……是嗎？」

「放不下，就放不下……你是這樣告訴我的，不是嗎？」

「嗯。」

然後他們看著大海，沒有說話。

過了一會，她說：「最近我和一個男生，在一起了。」

「嗯……是誰呢？」

「是朋友介紹的……他跟你差不多大，以前結過婚，已離婚了……沒有小朋友，嗯。」

「怎麼你像是在向我匯報似的。」他失笑一下。

「因為知道你一定會問嘛。」

「他叫什麼名字呢？」

「Teddy。」

「嗯……他從事什麼工作？」

「他是室內設計師，主要是做家居設計。」

「嗯。」

「認識他其實已經快一年了，但最近幾個月見面比較多，然後發生了一些事，我們就在一起了。」

「嗯……他對你不錯吧，是嗎？」

「是的……但我會再觀望多一陣子。」

「為什麼呢？」

「我怕自己只是在找一個救生圈……雖然我真的很想要有一個實在的依靠，但我怕自己溺水太久，最後又不小心傷害了別人。」

「你有告訴他，你之前的事情嗎？」

「他應該猜到一些的。」

「嗯，那平常心吧，沒有規定，一定要完全放下前一段感情的回憶與難過，才可以跟別人開展一段新的愛情。」

Cause I'll never
be with you.

「是這樣嗎……」她看著大海，苦笑說。

「你有什麼想不通的話，也可以隨時找我啊。」

「嗯，我會找你的。」

「嗯。」

2021 年 4 月 3 日

· · · · · · · · · · · ·

「為什麼他都與別人在一起了，但還是要回來找我，說仍然會想念我？」

「他想念你，但不等於他就是想要跟你在一起啊。」

「那再說這樣的話，這樣的想念……又有什麼意思？」她忍不住冷笑一下。

「可能他只是想做一個好人吧。」他抬頭看著天空。

「好人？」

「你們分手了，然後他就立即和第二個人在一起，怎樣看也會覺得，是他早有預謀。」

「他說是因為忍受不了分手後的難受與寂寞。」

「那麼又不見你分手後，就立即找了一個男生在一起？不要忘記，你是被分手的人，是他提出分手在先。」

她沉默了一下，然後輕輕說：「那現在他想做好人，是不

想背上負心的罪名吧。」

「又或者只是他心內對你感到有虧欠吧。」他呼一口氣，又說：「但不代表他就是真的想跟你重新在一起，如果他真的不捨得你，他現在就不會和別人在一起了……又或是，如果他真的有決心想追回你，為什麼就只會說他仍然會想念你，但最後什麼行動也沒有？」

「嗯，是的……幸好有你提醒我。」

「其實你不需要別人提醒，這些道理，你自己不是不明白……你只是也不捨得他吧，仍然想和他再重新一起吧。」他嘆口氣。

「再怎麼不捨，還是會知道已經不可能了……」

「但你還是會想。」

「嗯。」

說到這裡，他們已經走到尖沙咀碼頭的巴士總站。

「好吧，我要回家了。」

「嗯。」

「謝謝你這夜陪我，聽我說心事呢。」

他微笑一下當作回應。

「也謝謝你，陪我從太子走到來尖沙咀。」

「說起來，我也很久沒有走這麼長的路了。」

「所以才說要謝謝你。」她微笑一下，又叮囑他：「你待會快點吃晚飯，不要餓壞了。」

Cause I'll never
be with you.

「嗯。」

然後他目送她乘上巴士離開。

直到巴士消失不見，他走到附近的海旁，看著大海，輕輕的呼了口氣。

2021 年 1 月 23 日
· · · · · · · · · · · · · ·

「是什麼來的？」

「這是上個月本來想送你的生日禮物。」

他將禮物送到她的手上，微微苦笑了一下。

「謝謝你啊……其實你不用特意送我禮物啊，你出來和我吃晚飯就已經很好。」她接過了禮物，看著他說。

「但你生日的時候，我怎樣都約不到你。」

她向他吐一吐舌，說：「那時候都在忙著和他、我的家人、他的家人、不停地慶祝聖誕，所以就沒有時間和你見面……真的很抱歉。」

「算了啦，不用抱歉……你快樂就好。」

「我快樂啊……難得找到一個心靈可以這麼默契的人，我覺得自己真的很幸運。」

他看著她，一臉幸福甜蜜的表情，心裡原本有些話想要說，最後還是打消念頭。

「怎麼了，你看上去好像不太開心。」她問他。

「沒有啊。」

「你這小器鬼，還在惱我之前沒有應你的約嗎？」

「小器你的頭！」他作勢要拍她的前額，她假裝要縮開退讓，然後兩人都忍不住笑了起來。

原本這夜他是想要告訴她，他上星期看到她的男朋友，在街上與一個女生挽著手，看上去像是甚為親密。

但是他不知道，會不會是自己看錯了，會不會是自己對她的男朋友有著太多先入為主、早就抱有太多主觀與偏見。

如果現在她真的覺得快樂，自己又何必刻意去揭穿，那些未必是事實的誤會。

回頭看，自己與她現在也同樣在餐廳裡嬉笑玩鬧，難道他們就是有任何曖昧關係嗎？

想到這裡，他心裡苦笑一下，不想再細想更多。

2019 年 10 月 18 日
· · · · · · · · · · · · · ·

「昨晚我看回我們的 message，原來我們差不多每兩個月，就會約出來見面呢。」

「是嗎？」他拿起自己的啤酒，輕輕呷了一口。

「是啊，你看這裡。」她將自己的手機放到他面前，他見到了 google map，上面有一些綠色的標記。她說：「這些綠色標記，都是之前我們去過的餐廳，每一次都是不同的餐廳呢……我們就快去遍全香港的餐廳了。」

Cause I'll never
be with you.

他看著她的手機，又看了她一眼，心裡泛起了一種特別的感覺。

「那麼這天呢，這天我們就只是到這個海邊喝酒，你又怎樣在 google map 標記呢？」他問她。

「一樣可以標記啊。」她放大了地圖，顯示他們現在身處的所在地「紅磡海濱長廊」，他見到這裡也有一面綠色小旗。

「那麼下一次，我們又要去哪一區的餐廳呢？」

「不如試試去南丫島吧？」

「坐船去嗎？」

「難不成你可以走路去嗎？」她爆笑。

「南丫島好像沒什麼好吃啊。」他苦笑一下。

「如果我們下午乘船去的話，可以看完日落，之後再在碼頭附近找一間餐廳晚飯。」

「平日的下午，你不用上班嗎？」

「我們可以約星期六或星期日。」

她看著他說，但是他卻沒有回應。

過了一會，在她喝了第二口啤酒後，他才回道：「我記得週末和週日的南丫島，會有很多很多人……餐廳都不容易有位呢。如果去南丫島，倒不如去西環，如果準時離開公司，應該還趕得及到那兒看夕陽。而且那裡也有很多餐廳與酒吧。」

「也好。」她讓自己微笑一下，說：「那我看看西環有什

麼好吃的餐廳，等我去訂位，我們下一次就去。」

「這麼早就訂位？」他失笑一下。

「又有多早呢，兩個月，一眨眼就過去了。」

「好的好的，辛苦你去訂位了。」

說完，他拿出自己的手機來滑。她看了他一眼，又看回自己的手機，不想再繼續窺看，他現在正回覆著誰人的訊息。

2018 年 12 月 26 日
‧‧‧‧‧‧‧‧‧‧‧‧‧‧‧

「生日快樂。」

「謝謝你。」

「喜歡這間餐廳嗎？」

「喜歡啊。」

她看著窗外的璀璨夜景，搖曳的燭光在玻璃窗上倒映著，

心裡一陣甜蜜。

「這是今年送你的生日禮物。」

他將一個紙袋放到她面前，她看到裡面有一個不大不小的盒子。

「謝謝你……我可以打開它嗎？」

「可以啊。」他微笑點一點頭。

於是她小心翼翼地拆開包裝的花紙，再打開盒蓋，見到裡面放著一盞 LINE 熊大的白色座檯燈。

「啊……很漂亮啊！」她忍不住喊了一下。

「喜歡嗎？」他得意地看著她，笑問。

「喜歡啊。」她喜歡熊大，每次和他用 LINE 短訊時，她最喜歡用那一個熊大被丟石頭的貼圖，樣子呆呆的，就好像他一樣。

「你喜歡就好了。」

「會很貴嗎？」

「不會啊。對了，這盞燈的插頭是要用兩腳插的，我另外買了一個轉換插頭，也放在盒子裡了，到時你安裝時記得要加上轉換插頭。」

「謝謝你。」她將座檯燈放回盒子裡，忽然心裡一動，問他：「你家裡也有一盞這款燈嗎？」

他搖一搖頭，但過了一會，又說：「Daisy 有一盞。」

原來如此。她心裡這樣回道。

一年前，她知道他與 Daisy 在一起。在他們在一起之前，她和他會經常相約見面，午飯、晚飯、看電影、逛街購物、到海邊喝酒、乘船去離島、去吃宵夜、去吃麥當勞早晨全餐、上天下海、結伴同遊。

那時候他們幾乎每天都會短訊，每星期都會見一次面。直到他戀愛了。見面的次數漸漸變少，由最初每星期，變成每兩星期，每一個月，到現在她自己一直堅持的，每兩個月見一次面。然後不經不覺，一年過去了。

她不曾和其他朋友，有過這一種定期要見面的習慣。偶爾她也會問自己，為什麼要這樣堅持或執著，為什麼就是捨不得和他漸漸疏遠，為什麼他每次都依然會答應自己的邀約，為什麼這天生日，他會特意去訂這一間充滿情調的餐廳，來為自己慶祝……

　　是因為他們是一對好朋友嗎，還是因為，自己在他心裡有著一個特別的位置，一個帶著一點虧欠、但是也永遠都不會彌補的位置。

　　「在想什麼呢？」

　　他輕聲問她，她讓自己堆起笑臉，輕輕搖頭。

　　「我們來看看吃什麼吧。」

　　她拿起餐牌嚷，最後他們點了兩份主菜，兩份甜品，兩杯不同名字的 cocktail。吃完甜點後，她借故拿起他的 cocktail 嚐了一口，嚐到了一點似有還無的甜。她不知道這一份甜，是純粹自欺欺人，還是他留給她的一點餘溫。但是她知道，這一個人會一直留在她的心裡，即使將來老去，她都不會忘記和他有過的一切。

即使最後他都不會發現，她曾經對他有過太深的期待，太多的不捨，但是可以和他這樣子一起看過海，一起曖昧過……

那就已經足夠。

Cause I'll never
be with you.

03

/

天分

Cause I'll never
be with you.

失戀
有時候原來可以
不止一次

第一次失戀
是你知道對方不愛你
第二次失戀
是對方和別人在一起了
第三次失戀
是對方與另一半出國旅行
第四次失戀
是對方和別人展開同居生活
第五次失戀
是對方終於和另一半步入教堂
第六次失戀
是對方有天忽然回來找你
而你太清楚不

嗯
還是不要再數下去了

你曾經說過，愛一個人，需要天分。

當時是在一個朋友的生日聚會，你在我的身邊，本來不著邊際地閒談，你卻突然冒起了這一句帶點結論性的話。

「是要怎樣的天分呢？」我忍不住苦笑這樣問你。

你出神半晌，然後模稜兩可地回答：「沒有一定的答案啊……有天分就是有天分，如果沒天分，再怎麼勉強，也是不會有結果。」

沒有一定的答案，但我覺得，這不是你的真正答案。

「是要對你好嗎？」我不心息地再問。

你搖搖頭，答我：「這不算是天分，這是基本要求。」

「怎麼不算是天分呢？」我不服，又說：「不是每一個人，都懂得對另一個人好。」

「但你對別人好，不見得別人就會因此而愛上你嘛。」

你吐一吐舌頭，間接地判我死刑。

「……是不夠好的緣故嗎？」我嘆氣。

「也不是，而且你應該也有聽說過『你對我太好了』這一句話吧？」你微笑說。

我知道這是收好人卡時的常見台詞。

「那麼天分到底是指什麼？」

你又不作聲，只是一直在笑。

「是要外型討好，例如英俊或漂亮嗎？」

但你看著我的臉，竟然用力地搖頭。

「……是要性格相近、有共同興趣嗎？」

你繼續搖頭。

「……是要有錢、家境富裕嗎？」

然後，你嘆起氣來，像是不想回答我。

我忍不住苦笑嘆氣：「那到底是指什麼呢？」

你反問我：「你這麼想知道來幹嘛？」

為什麼想知道？我看著正在看著我的你，忍不住想，你是真的不明白，是假裝不明白，還是你其實想我親口對你說清楚⋯⋯⋯⋯

「⋯⋯好奇關心了解一下，不可以嗎？」

但窩囊如我，最後只能給出這個回覆。

是的，我真的窩囊，也很沒自信。

喜歡你，已經有兩年多了。

喜歡你的第一個月，你被我的朋友追走了，那個朋友出名花心，但懂得討女孩歡心。

喜歡你的第八個月，你跟一個俊俏的男生在一起，那個男生後來成為了某個男團的其中一位成員。

喜歡你的第十一個月，你認識了一個相貌比我要平凡的人，

但你們在一起長達一年時間。

喜歡你的第二十三個月，你跟一個連我也認為是好男人的人在一起，但後來不知為何你們靜悄悄地分手了。

喜歡你的第二十七個月，我仍是你芸芸朋友中的普通一個……

想過去追你，但往往不是被人捷足先登，就是輸在一些連我自己都不明白的條件上。

例如，人不夠浪漫、人不夠英俊、人不夠平凡、人不夠好……

然後這晚你說，愛一個人，需要天分。

我都分不清楚，這些到底是否就是天分。

「你記得我上一任的男朋友嗎？」

忽然你這樣問我。

「記得，怎麼了？」

Cause I'll never
be with you.

「你覺得我們……相襯嗎？」你看著我笑。

「嗯……我覺得，他好像經常給你欺……」

我看到你眼光變得不友善，於是把「負」字吞回肚裡。過了一會，你又問我：「那再之前的一位呢？」

「坦白說……」我搔了一下頭，才說：「我幾乎都忘記他的樣貌，而且那時候我也不常見到你。」

你像是想笑，但仍是再問：「再再之前的呢？」

「我上星期在電視看到他，我妹妹很喜歡他的隊友呢。」

「……算了，我不是問你這些。」你嘆氣，又看著我說：「曾經，我是很喜歡他們。」

「嗯，我知道。」

「但是，都過去了……」

你有點感觸的說，但是你的雙眼依然看著我。

看得我覺得有些不自然。

過了半晌，你仍是沒有說話，我只好搔搔頭，看著你問：
「那麼⋯⋯天分其實是指什麼？」

你笑了，但我覺得那笑意像是有點苦。你低下頭來，低聲
說：「其實不是擁有什麼優點或才能，才算是天分。」

然後你抬起眼，再次凝望我，緩緩的，繼續說下去：「有
時候，能夠全心全意地，去等待你喜歡的人，一直等到最後，
也是一種天分。」

我不能肯定你話裡的意思。

你也沒有再說下去，就只是對我微笑一下，然後就去找其
他朋友聊天。

剩下我為你的這一番話，失眠了一整個晚上。

後來，我沒有機會再與你見面，再向你確認，愛你需要哪
些天分。

後來，在喜歡你的第二十八個月第六天，你跟那個之前曾

經在一起的好男人，宣布要結婚。

後來，我看著你，一臉幸福地，親口對他說「我願意」……

我終於明白，你那段話的真正意思。

我沒有成為你另一半的天分，但我擁有成為你的好朋友、伴你繼續一起成長、並見證你得到幸福的天分和資格。

就只是這樣罷了。

有沒有天分，結果也已經不再重要。

051

Cause I'll never
be with you.

04
/
玩手機

Cause I'll never
be with you.

有些答案總是傷人

例如
他從來沒有喜歡過你
他會待你這麼好
是因為他在你的身上
找到一個想要懷念的身影
原來你只不過是
某一個人的替身

而你最後
也不會從他的口中
得到這一個真正的答案

Cause I'll never
be with you.

我們約會的時候，他不會在我面前玩手機。

他總是會專注地看著我，陪我說話，對我微笑，彷彿是一個最認真貼心的情人。

從前不是這樣的。

只要一坐下來，只要有任何空餘，只要我們不說話了，他就會拿出手機來，左撥右掃，目光與心神，都貫注在小小的螢幕裡。

有一段時間，因為不想變成被丟下的一方，於是我也只好學他這樣，拿出自己的手機，打開 IG，不斷地向下滑向下滑，讓演算法推算出來的內容，來消耗我的時間與無奈。

直到有一次，我忍不了，整場約會我都沒有開口說話。他有留意到我的不尋常，有主動問我發生什麼事，但與平常一樣，這種主動通常不會維持太長時間。之後他可能忍受不住我刻意沉默的難堪尷尬，於是又再拿出手機來滑。

或許這是現今世代裡大部分人的通病。

大家的生活，都太過依賴手機與網路。交友、工作、感情

關係、金錢、健康、生活所需，這些事情都需要用手機來處理或操控。就連我自己，也會在與朋友見面聊天時，拿出手機來滑。若是如此，我又有何理由或立場，可以讓他為我立即改掉這個通病。我很重視見面時的儀式感，但是我不能無視我們身處的現實環境。

沒有手機，我們都不知道如何生存下去。

因此之後一段時期，我已經不會再執著，他在見面時玩手機這個習慣。偶爾我還會與他一起看他臉書的新聞或短片，一同責罵一同嬉笑，找到更多共有的話題。

但直到兩個月前，他忽然變得不會在我面前玩手機。

每次見面與我相對，他變得比從前更專注地看著我，比過往更全心全意地聽我說話、對我微笑。以前不會這樣的。每隔數分鐘，他的手機就會有通知提示，或是要看訊息，或是要看朋友的臉書或 IG 留言。如今這些提示都消失無蹤，甚至連他的手機，也很少出現在我的面前。

於是，為了尊重他的這種轉變，我也提醒自己約會時不要拿出手機，專心投入在這一段只有我們兩人共處的時光裡。

只是整場晚飯都很安靜，幾乎就只剩下我們自己的呼吸聲。我開始留意到他的心不在焉。

　　有好幾次，我聽到了他手機震動的聲音，應該是有人致電給他，但是他也沒有拿出來接聽。最初我有問，為什麼不接電話，但他就只是微笑搖頭。後來我都不再問他，將好奇放在心底裡，害怕自己的不安與猜想，會破壞這份難得的寧靜。

　　然後有一天，我無意中在街上，碰到他與一個女生在一起。

　　當時他們沒有任何親密的舉動，但他臉上的輕鬆與自在，還有一邊與女生聊天、一邊拿出手機來滑的身體語言，都讓我有一種既熟悉、也陌生的感覺。

　　我不認識那個女生，但後來我知道，在兩個月前，他已經跟那個女生在一起，名字叫 Katie。聽說 Katie 本來是他朋友的另一半，後來朋友和 Katie 提出分手，而他就在那個時候成為 Katie 的避風港。接著我又想起，在我與他在一起之前，他曾經喜歡過一個人，只是當時對方已經有另一半，而這些年來他其實一直都未能忘情。我從來沒有向他問過，那一個人是誰。但是當我打開他的 IG，再找到 Katie 的 IG，見到她很多很多相片，都得到他的心心，而最早的一張，已經是在三年前。當時我和他還沒認識，原來當時，就已經註定了這一個結局。

Cause I'll never
be with you.

你說，我應該揭穿他嗎，應該要讓他重新記起，誰才是他的另一半，才是他應該要珍惜留住的人嗎？

只是，我漸漸變得沒有自信。

每次見面，他依然沒有在我面前滑手機。

我開始明白，他只是怕我看見，他與 Katie 的任何對話，他和她有過的每一張合照，那個世界不會有我的存在。而為了尊重，為了公平，還是為了良心好過，在我和他的這個世界裡，他也不會讓 Katie 有任何機會出現在我的眼底裡。即使其實我早已經看穿一切真相。

Cause I'll never
be with you.

但他依然一臉溫柔地看著我微笑，依然盡力去飾演我的男朋友角色。

即使其實，我知道，可以預見得到，我們的關係，已開始名存實亡……

你說，我應該揭穿他，應該離開他嗎？

我拿出了手機，想在螢幕裡尋找答案。

而他就只是靜靜的看著，看著，不抱怨任何一句。

原來坦白一切，是需要這麼多勇氣。

Cause I'll never
be with you.

Cause I'll never
be with you.

05

/

償還

Cause I'll never
be with you.

有時候
仍然會思念
仍然會記得
或許就只是源於一種
想要彌補從前的遺憾
想要償還對方的感情

而不是真的非對方不可

Cause I'll never
be with you.

「等了很久嗎？」

「一會兒而已。」他搖搖頭。

「對不起呢，突然有一點公事沒做完，所以……」

「不用道歉，真的等了不太久。」

「……嗯。」倩晴微微低頭。

「走吧，電影快開場了。」

說完，他挽起她的右手。

她讓他輕輕的挽著，跟隨著他的步伐，往戲院的方向邁進。

像從前一樣，去做好他的女朋友。

這晚是他們相隔了一個星期後的再次約會。

也是復合後，第二次約會。

倩晴心裡其實有點奇怪，自己為何會用上「約會」這個名詞。

記得以前和永文出外，她也不曾擁有過這一種心情。

這種既緊張、又帶點不安，像是在初戀時，跟心儀對象去甜品店一樣……

問題是，自己離開初戀的階段，已經好遠好遠。

她看著身邊的永文，有一種彷彿已經很熟悉、也有一點陌生的感覺。

從前她會相信，就算有時會覺得有點陌生，但自己也會變得更加喜歡眼前這個人。

但來到此刻，她心裡反而有著更多不確定。

永文挽著倩晴，去到戲院前。這晚他們準備看一齣愛情電影，是倩晴提議去看。

影評說，這齣電影動人在於，男主角明知道前路難行，甚至會再出現同一種令人無奈的結局，但最後仍是選擇跟女主角在一起。

他看到這段影評後，對原本不感興趣的這齣電影，更加不抱任何期望。

明知道前路難行，為什麼繼續走下去，就會動人？

Cause I'll never
be with you.

他不明白。

只是，倩晴想看這齣電影。

他笑著答應她，提早在網路上預訂門票，準時在約定的地點等候，不想讓她察覺到有任何不滿意。

只想好好和她度過這個晚上。

漆黑的電影院裡，兩人相對無言。

看電影的時候，本來就應該要安靜。

但倩晴總覺得，兩人之間的氣氛，實在太過靜寂。

此刻自己和永文，相隔著一個扶手位的距離。

明顯的，分開著兩人。

而在半年以前，明明沒有這種阻隔，明明可以輕易感受得到，對方的體溫。

明明，仍然知道對方的心裡所想。

現在不只連眼神，就連對話，也沒有太多親密交流的感覺。

是他有心故意為難自己嗎？她不覺得是這樣。

她感覺得到，他很努力地對自己很好。

真的，很努力，太努力。

只是，彷彿上天也在作出懲罰。

在重新在一起後，從前有過的默契、同步，甚至回憶，就像是不知道被埋藏到哪裡去。

越是想用力，越是感到力不從心。

越是假裝自然，越是感覺距離很遠。

「覺得冷嗎？」

「不冷。」

「唔……」

「我們去吃什麼？」

「你想呢？」

「什麼也行，隨你喜歡吧。」

「那……吃壽司可以嗎？你怕不怕吃生冷的食物？」

「……我不怕。」

「那就好，我帶你去吃壽司。」

「嗯。」

「風起了，會覺得涼嗎？」

「……一點點。」

於是，他脫下外套，為倩晴披上。

倩晴不敢稍動，同時間她想起，從前和永文在一起的時候，他也從沒有對自己這樣貼心過。

最初，永文曾經認為，一定是過去的自己給不到倩晴所需，於是她才會選擇離開自己。

如果，自己能力足夠的話，可以給予她更廣闊的世界，她就無需要再往外闖。

　　如果，自己對她夠好的話，她一定不會捨得放下兩年的感情，毅然選擇離開。

　　如果，自己夠細心的話，應該早就可以留意到，她的所思所想，她的不快樂……

　　想到這裡，永文就深深懊悔，為什麼自己會這麼後知後覺。

　　為什麼要當一切都過去了，才知道後悔……

　　錯失太易，愛得太遲。

　　如果再有一次機會，自己一定會重新好好的對待倩晴。

　　不會再讓她有想要離開的念頭。

　　不要讓自己再一次後悔不已……

　　曾經，永文每天晚上，都會如此許願。

倩晴有時會想，如果這種不同步，是一種懲罰的話，那麼懲罰的對象，一定會是自己。

　　想當初，是自己要離開永文，縱使當時他如何挽留，她最後仍是選擇了離開。

　　當時她覺得，自己應該要去學習與見識更多的人和事，不應該留在舒適圈裡貪戀安逸。

　　於是她報讀了很多進修課程，有時公司要求加班，她也不會拒絕，想盡力爭取表現。

　　而當時的永文，卻不太體諒自己，就只想要擁有更多相處的時間。

　　結果，大家越來越不同步，於是她提出分手。

　　卻想不到，在外獨自闖的這半年時間裡，倩晴方發覺，自己的生活，原來已經不能缺少永文的存在。

　　每天自己一個吃飯，自己一個說話，自己一個遊蕩，自己一個思念……

世界縱大，生活更精采，似乎也已經不再有什麼值得去紀念或回憶。

如果，能夠再重新選擇的話，自己還是會想要離開他嗎？

還是應該，繼續留在他的身邊，一起去思考，是不是還可以有其他可能，一起成長、一起變老的可能……

然後，有一天，她收到了他的一個電話，他的邀約。

然後，她忍不住問他，為什麼還要打電話給自己，約自己見面。

問他，是不是還會想，重新在一起……

「真的可以嗎？」

「……可以。」

那時候，他這樣對她微笑。

相當疲倦的笑容，看得她心很痛。

他一定是為了自己，曾經受過不少的苦。

想起當初狠心的自己，倩晴實在感到無地自容。

雖然她實在意想不到，他會如此簡單就答應，自己的復合要求。

但同時間也激發更多，她對永文的喜歡感、甚至想要好好去補償的念頭。

難得現在能夠重新在一起了，自己一定要好好再去做好女朋友這個身分，以後都要一心一意地守在他的身邊。

雖然，此刻兩人仍是會有些地方不能同步，相比起以前，他對自己有時仍會帶著一點抽離、客套與陌生。

只是她會嘗試安慰自己，嘗試去諒解，她知道一顆曾經受過傷、被離棄過的心，並不是只有一時三刻的時間，就可以復原得過來。

換著是自己，可能也會變得比從前，更加不能夠相信這一

位曾經如此親近的人。

所以，即使這天他可能已經忘記了，自己其實不太喜歡吃日本菜……比起挽手，自己更加喜歡牽手，但她仍是微笑看著他，安然地被他挽著走……

就只盼有一天，自己終於可以一一彌補，那些似有還無、也無法躲藏的缺口與裂痕。

就只望真會有那一天，兩個人可以再一次同步，讓他那一張曾經溫暖的笑臉，那一個決意與對方長相廝守的心願，再一次重來。

深夜，永文在送了倩晴回家後，自己一個搭乘小巴，回自己的家。

在沒有其他乘客的車廂裡，顛簸的車程中，他默默看著車窗外面出神。

想起了一個人，想起了她……

在自己最失意、難過、寂寞無助、不敢再相信別人的時候，那一個人，那一個她，竟然願意無條件地付出、陪伴、支持自己，讓自己可以一點一點離開那一個絕望深淵，可以再重新對生活與別人，產生期待，甚至有勇氣再重新聯絡倩晴。

然後，在倩晴提出想要再重新開始的時候，那一個她，就只是看著自己微笑，真心真意地支持自己的決定。

「你不是一直在等她嗎？現在她要回來，不就是最好的結局嗎？」

想到這裡，永文心裡不知為何，感到一點點刺痛。

「別再錯過了，記得要好好珍惜她啊。」

那一抹笑容，那一點溫柔，那一點遺憾，那一點落寞⋯⋯

他知道，自己以後都不可能會忘記。

以後都不會再有任何償還的可能。

06

/

六年

Cause I'll never
be with you.

他不捨得你

是不捨得你的好

不捨得你的溫柔

不捨得你的認真付出

不捨得你會為他空出時間

不捨得你會將他放在首名位置

不捨得你就算在他

很久沒有找你之後

依然像從前一樣不捨得他

你不捨得他

是不捨得他偶爾的好

不捨得他的偶爾溫柔

不捨得他會突然回來找你

不捨得他對你的忽冷忽熱

不捨得他始終沒有認真注視你

還是你其實也不真正明白

來到這天

自己為何還會如此不捨

自己仍然要不捨得什麼

Cause I'll never
be with you.

「不如，放手吧。」

每一次，她都會這樣告訴自己。

只是到最後，她還是無法真正放開這一雙手。

她喜歡他，已經六年了。

最初，他們是在酒吧裡認識。他是酒吧店的店主，她是被朋友帶去玩的顧客。

那天晚上，他為她調配了一杯人生中最甜美的酒。他跟她分享很多調酒的知識，還有在外國生活的各種見聞，讓她聽得入迷。最後她去了他的家過夜，發生了關係。

之後，他們斷斷續續地繼續保持往來，她偶爾會到酒吧去找他，他偶爾會傳訊息給她約她見面。然後兩人會一起過夜，到第二天早上，她會為還在熟睡的他煮一份早餐，然後就悄悄離開他的家。

然後不經不覺，六年過去。

　　她有想過，是否應該要繼續如此下去。畢竟都六年了，自己也就快到三十歲，已經不再年輕。而她也知道，他不會是一個可以認真交往的對象，而且這些年來，他一次也沒有想過要留住自己。

　　在這六年裡，她偶爾也會遇到一些可以認真交往的對象，一些有嘗試過在一起的伴侶。每次她都會特意在臉書裡宣布，自己與誰在一起了，而他從來也不會有半點過問。

　　有時他依然會傳短訊過來，想約自己見面。有時她會回應，自己約了男朋友，之後他就不會有任何糾纏，甚至不會再傳來任何短訊。直到，她和別人分開了，她在臉書裡暗示自己失戀了，過一段時間，手機才會再次收到他的訊息，問她有沒有興趣一起吃晚飯，甚至是上去他的家。

　　他從來都沒有固定的伴侶，只是身邊總是不會缺乏異性。她最初也試過嫉妒與不忿，不明白為什麼他仍然會與其他人發生關係，不明白為什麼自己就只值得他的這種對待。她不是沒有向他明示或暗示過想與他認真發展，但是每次他總是會逃避回答或面對，總是會用溫柔的微笑或擁抱將話題帶過。

而在每一次明示或暗示過後，他的態度都會漸漸變得疏離冷淡，像是想要向她明示自己不想受到她的束縛。有幾次她試過主動去酒吧找他，但他會在她面前刻意摟著其他異性朋友，而酒吧內的員工與熟客大多都知道或猜到，他們是有著或有過親密關係。每一次，她都會因為他的故意冷淡與忽略，而無地自容，逃離酒吧。

　　每一次，她都會告訴自己，這是最後一次了。

　　只是，當一段時間過去，當他又會再一次傳短訊過來，想要約會自己，她又會無法拒絕他的引誘，又再一次深陷其中。

　　從前，她是一個對愛情認真、有著理想願景的人。她會要求，自己交往的對象是認真愛自己，不論心靈或肉體上都一定要專一，不容許背叛或不忠，會認真想和自己有長遠的發展，會以結婚為目標。現在她仍然會有這些目標和理想，這些年她交往過的伴侶，基本上都符合這些條件，甚至都在水準以上。如果和其中一位步入教堂、成家立室，她相信家人和朋友都會好好祝福她，都會認為她沒有選錯對象。

　　只是她的一顆心，卻始終會繫在他的身上，一個完全不符合自己的理想對象條件，一個不會認真想與自己發展的人。

最初她也有想過，既然他不會認真，那麼自己是否也可以抱著一種只求短暫快樂、不要太過認真的心態，去和他繼續交往。

　　但她始終無法享受這一種心態，而且偶爾還是會忍不住變得認真和投入，然後又會讓他漸漸選擇疏遠或避開自己。她原本預期，這一段關係，應該不會維持得太長久，可能半年、一年、兩年、三年……

　　但想不到，最後竟然延續了六年。

　　她最初以為，他不會花這麼多時間在她的身上，也以為，自己不會為這一個人浪費太多青春。她不禁開始回想，為什麼六年過去，自己仍然會與這一個人繼續糾纏，他仍然會不定期地來尋找自己。

　　他身邊仍有著一些異性朋友，只是已經不再是六年前的那幾個，早已經換了人，換了好幾次。最近兩年，在她所知及所觀察到的情況下，他也像是沒有再與其他女性發生關係……就除了她。

　　如果他想，他應該可以繼續從其他異性身上取得溫暖與慰藉，如果他想，他可以有無數個理由或藉口隨時與她斷絕往來。

每次當想到這裡，她都會反問自己，是不是將他們的關係和感情想像得太過美好、太過一廂情願。

　　即使如今自己像是他身邊的唯一一位仍會發生關係的異性，但這並不代表，他對於自己是否有著一些與別不同的情愫。他仍然會與她繼續往來，可以是因為她從來不會拒絕他，可以是因為他熟知她的性格、他能夠繼續隨心去擺弄操控支配或遠離，可以是因為她也了解他這個人、知道應該做些什麼事能夠讓彼此相處時感到舒適和惬意，可以是因為他只不過此刻沒有找到其他吸引的目標和對象，也可以是其實他從來沒有對現在這一種情況有任何特別的想法和感情因素存在，一切就只不過是一種需要、一種已經維持了六年的習慣。

　　只要他想，她就會在他的身邊。只要她想，而他又有時間，他都會讓她住在她的家裡，直到厭倦為止。

　　只是偶爾，她還是會為現在仍然可以和他維持這一種關係，經過六年時間所一起建立及累積的這一份感情，而感到一點點安慰或滿足。

　　她知道自己不應該有這些感覺。她仍然會記得，自己本來是想要與一個怎樣的伴侶共度終生。

但這天，當自己夢醒過來，看到他如往常一樣，在自己的身邊微微打鼾，一副安然熟睡的模樣。他的左手，竟然仍然一直握住了她的右手。他們以前從來沒有試過這樣子牽手入睡。

昨夜臨睡前，她向他提出了這個要求，她以為他不會答應，她以為他會在睡夢途中鬆開他的手，但想不到他會一直緊緊牽著，想不到這一次他沒有選擇逃避，這一種過往他會視為一種越界的表現或請求。

但她又再一次提醒自己，不要太過自作多情，不要太一廂情願、入戲太深。

這一個人，有一天總是會離開，最後都不會選擇與自己共度餘生。

在被他傷害得更深更痛，在被他浪費更多心血和青春之前，自己其實應該要早一點學會放手，早一點學會放過自己，去尋找其他更值得珍惜及留住的人……

只是她看著他，看著他牽緊著自己的手。

真的要放手嗎，真的可以捨得就這樣放手嗎？

然後時間繼續一點一點地靜悄悄溜走。

中午，當他終於睡醒過來，睜開雙眼，她已經不在了。

他走出房外，看到餐桌上像往常一樣，已經煮好了一份早餐。他到洗手間梳洗，換過衣服，整理好儀容，然後坐在餐桌前，開始去吃那一份早餐。

其實就只不過是一份很簡單的早餐，都是將冰箱裡的雞蛋、火腿、香腸和蕃茄煮熟。但是每一次，他都會想起兒時母親所烹調的味道，他在六歲前，每天都會嚐到這一種味道……

到底是懷念，還是不捨，是暫借，還是繼續，是意亂，還是心動，是習慣，還是認真……

漸漸他都無法再分得清楚。

083

Cause I'll never
be with you.

07
/
止痛藥

Cause I'll never
be with you.

難耐的是

他喜歡你
但是他也會喜歡別人
他親近你
但是他未想與你在一起
他在意你
但是他常常忽略你的感受
他留住你
但是他不會為你有任何改變

Cause I'll never
be with you.

她的手袋裡，總是會備存兩顆止痛藥。

「可以幫我去便利店買一瓶水嗎？」

「我的背包裡有。」

我打開背包，找出這天出門後在超市買的蒸餾水。我記得她不喜歡礦泉水的味道。她對我說了一聲謝謝，然後從手袋裡掏出止痛藥，撕開包裝吃了其中一顆，微微喝了一口水，用力吞下藥片，又過了一會，再喝了另一口水。

每次和她上街，當她說想要水，就是她想要吃藥的時候。她常常都會感到頭痛，有時痛感輕微，有時痛得無法集中精神；有時是在吃完飯後頭痛，有時是無緣無故出現痛楚，就連她自己也不明白原因。

「感覺有好一點嗎？」我問她。

「哪會這麼快有效。」她輕輕苦笑一下，將另一顆止痛藥放回手袋裡，又說：「最快也要半小時啊。」

我對她微微笑了一下，從她手上接回蒸餾水，放回自己的背包裡。她側頭看了我一眼，當察覺到我也正在看她，她又立

即看回前方。過了一會，她才說道：「接下來，你有什麼地方想去嗎？」

我跟她說沒有，反問她有沒有想去的地方。她說她累了，想要早點回家休息。我說好，就和她到巴士站等車回家。

她偶爾還是會輕輕皺眉，大概是止痛藥還沒有生效。有好幾次，我想將手放在她的背上，想替她輕撫幾下、舒緩痛楚，但最後我還是沒有付諸實行。不一會巴士來了，我和她一起上車，然後在上層車廂的中排位置坐下。

「謝謝你送我回家呢。」她說。

「反正我有空。」我笑道。

她也微微笑了一下，然後就取出手機來滑。我也拿出自己的手機，看了一會 IG，又看了一會新聞，我微微側頭，只見她拿著手機的手指已靜止不動，雙眼幾乎快要完全闔上了。

我輕輕替她拿下手機，讓她的頭倚在我的肩膊上，然後關上她的手機螢幕，靜靜的看著車廂前方。車廂偶爾輕微震動，我努力保持身軀穩定，還好她睡得很沉，不像上一次般被連續的震動弄醒。

十五分鐘後，車廂的廣播提示，下一站是「富豪東方酒店」。她住在九龍城區，平常都是在這一個車站下車。我微微低頭，見到她依然在睡，我可以感受得到，她頭部倚落在我肩膊上的重量與氣息。然後我想起，她總是說晚上睡得不好，會做好多好多的夢，夢見很多人很多事。每次早上醒來，都會感到很累，但是又不得不起床上班。我不知道此刻的她，是否也同樣在做著夢，只知道在我這樣胡思亂想間，車子已經駛離了「富豪東方酒店」車站。她依然沒有醒來，我依然讓她倚著我的肩膊。

　　如果這一程車，可以再長一點，就好了。如果她此刻沒有做夢，可以得到真正的休息、完全放鬆自己，就好了。我心裡一直這樣的許願，看著窗外的街燈，看著巴士離開了九龍城，離開了新蒲崗，然後漸漸駛到山上，最後還是去到位於慈雲山的終站，巴士還是緩緩地停了下來。

　　我只好喚醒她，她慢慢地睜開眼，看到自己正倚在我的肩上，於是立即坐直起來，對我抱歉地笑了一下。然後她看出車窗外，見到陌生的景色，她忍不住問：「我們在什麼地方？」

　　「慈雲山，這是總站，我們要下車了。」

　　「為什麼你不喚醒我啊？」她嗔道。

我沒有回答她，就只是站起身來下車。她跟在我的後面，見到她從手袋裡取出手機，想要翻看訊息。我沒有說話，帶她到巴士站頭，想要帶她乘回頭車到九龍城。但是她卻沒有跟上來，只是站在剛才下車的位置，用手機跟別人在通電話。

我默默看著她，看著另一個平時不會在我面前展現出來的她。

微風偶爾傳來了她請求對方等她的軟語、她的抱歉與溫柔。我依然讓自己保持微笑，假裝自己沒有聽到她的卑微。

兩分鐘後，她收起了手機，輕抹一下眼角，然後向我走來，說：「對不起，我要先走了。」

「不用說對不起啊。」我笑著回答，又問她：「現在頭還有痛嗎？」

她搖頭，對我微微笑了一下，然後向我輕揮一下手，就往附近的的士站走去，乘上了一輛的士離開。

我看著車子消失在轉角處，看著自己身處的車站，這裡有很多路線的巴士，可以前往很多地方，有很多人在候車、上車、下車、轉車，準備回家，到想到的地方，見想見的人。

但是我一直在這裡站著，站著，不知道自己應該要前往什麼地方。

　　最後我從背包裡，取出了手機，還有一顆止痛藥。

　　只希望這一次的藥效，可以來得更快，可以維持得更長久。

Cause I'll never
be with you.

Cause I'll never
be with you.

08

/

想念

Cause I'll never
be with you.

想念一個人
可以有很多種形式

可以有聲
可以不知不覺

可以讓對方知道
可以不讓對方發現

可以短暫
可以漫長

可以再見
可以不會再見

Cause I'll never
be with you.

「你會想念我嗎？」

在機場的離境大樓，臨過關前，Albert 忽然回轉身，認真地問千帆。

「會，每天都會想。」千帆沒好氣地笑，然後將一直為 Albert 保管的護照與機票放到他手上。「快要到登機時間了，你趕快過關吧。」

「之後有一個月不能見到你了。」Albert 一臉不捨，因為公司派他到新加坡出差，這次是他們第一次分開這麼長時間。

「你還這樣說！如果我有假期，我也想去新加坡呢……我已經三年沒有去過外國旅行！」她氣鼓鼓地嚷。

「那等我回來，我們一起計劃去日本旅行吧。」

「你回來了再說吧。」千帆嘆一口氣，又催促他：「你快點上機吧，我會在這裡乖乖的等你回來。」

Albert 依然滿臉不捨，但還是拿著行李走過關口，一路不斷回頭，向千帆揮手道別。她一直讓自己保持笑容，雖然她戴著口罩，他也未必看得見她的微笑。但她還是努力地堆起笑意，

不想讓 Albert 發現到自己的失落。

然後，直到 Albert 順利過關，再也看不到他的身影，她的眼角忍不住流下一滴眼淚。

「有空嗎？」

千帆拿著手機，看著咖啡店外的街道，臉上滿是倦意。

「現在 OK 啊，找我有事嗎？」

電話另一端的 Bryan 笑著回應，她聽見他如此回答，一顆心有種安全著地的感覺。

「沒什麼，只是想找人聊聊天。」她輕輕呼了口氣，勉力讓自己微笑一下。

「最近工作很忙碌嗎？」Bryan 輕柔地問。

「每天都要加班，今天也一樣，我也是剛剛才離開公司。」

「已經九點了啊，你吃了晚飯沒有？」

她看著自己五分鐘前所點的黑咖啡，回道：「回家後就會吃的了。」

「你現在回家的路上嗎？」

「嗯。」

「那就好……是了，待會你煮晚飯時，記得一定要有紅肉啊。」

「為什麼啊？」

「你不是經常都有經痛嗎？你鐵質不足，血氣不夠，所以才會經痛。」

「為什麼你連這些事情都知道？」千帆雖然苦笑，但心裡泛起了一陣暖意。

「只不過是我的經驗之談而已。」Bryan 得意地「嘿嘿」一笑，然後又說：「Albert 呢，他會陪你嗎？」

「他昨天出差去新加坡，一個月後才回來。」

「那麼這一個月你不是會變回單身嗎？」

「我們每天都會通電話的好嗎？」她沒好氣地說。

「Long D 這麼浪漫？」Bryan 笑著還擊。

「又不是小學生，一個月很快就過了。」

「是的、是的……如果偶爾你想找人陪，也可以找我呀。」

「你這麼忙，我怎能請到你出來啊。」她的語氣帶點嘲諷。

「唉……最近是真的有點忙。」

「Katrina 最近好嗎？」

「她現在就在我身邊……吃過晚飯後就睡著了，哼哼。」

「哈哈，這麼幸福。」

「待會我還要去洗碗呢。」

「你就好好地去洗吧。」千帆忍不住笑了起來，兩秒鐘前一直徘徊的鬱悶感，也彷彿被沖淡了一點。

「你還笑。」Bryan 嘆了口氣，又說：「好啦，不和你談了。你也快點回家吧，不要太悶悶不樂。如果想再找人聊天，隨時都可以找我。」

「嗯，拜拜。」

「拜拜。」

然後千帆終止了通話，放下了手機，繼續看著咖啡店外的街道。

以前她和 Bryan 下班後，又或是有誰心情不好時，他們都會相約來這間咖啡店，一起喝一杯咖啡，訴說工作與生活上的各種苦與樂。

直到他後來轉了其他公司，直到他後來結識了 Katrina。

就算再想念，也不會再像從前般，可以立即見到對方。

夜深，千帆躺在床上，無法入眠。

明知道明天還要上班，明知道自己真的疲累、需要休息，但腦袋還是無法產生出半點睡意。

隨著時間過去，她反而更覺得清醒，然後她又想起，從前失眠的時候，是如何熬過那些時光。

她拿起放在枕邊的手機，打開 IG，撥了幾下後，最後在搜尋欄裡，輸入「Terence」。

搜尋引擎立即為她顯示出無數名為「Terence」的賬戶。她點進了第一個搜尋結果，那一個曾經被她點閱瀏覽過無數次的賬號。只見他的賬號仍是沒有公開，他的個人照片仍是有著他一貫的陽光笑臉，個人簡介裡仍是依舊寫著「Time will tell」這句話。

曾經，千帆問過他這句話的真正意思，但每次他都總是微笑不答。

她看著他的相片，良久良久，然後又關上 IG，打開 messenger，找出 Terence Wong 的聊天紀錄。上一次的訊息紀錄，是一個月前零五天，她在凌晨二時十二分，傳送了一句「晚安」給他。訊息的狀態為「已傳送」，對方尚未讀取訊息的內容。

她看著之前的訊息，那些曾經頻繁對答、但後來漸漸變少的聊天紀錄，最後她輕輕呼一口氣，在訊息欄裡輸入「你好嗎」，按下傳送。又過了一會，她再輸入「晚安」，傳送，然後將手機螢幕關上，然後看著天花板，繼續想念這一個人。

　　五年前，他因為一場意外而離世。原本她希望在下一次和他約會時，鼓起勇氣向他表白。只是一切都已經太遲。每次當她想念他，她都會傳送他一聲「晚安」。她不知道在天上的他會不會看到，但是她始終無法放下這一個習慣。

　　無法讓這份不會得到回應的想念，變成一段不會再重來的回憶。

Cause I'll never
be with you.

Cause I'll never
be with you.

09
/
讓你走

Cause I'll never
be with you.

有些人
一旦錯過就不再

有些人
一旦上心就永遠

Cause I'll never
be with you.

那夜，我竟然見到你。

本來，我是見不到你的，你知道嘛，我向來有近視。幸好你主動地走到我的跟前，向我揮揮手，並對我微笑。但那一刻，我卻只懂得回看著你，發起呆來……直到過了差不多十秒鐘，我才可以相信，站在我面前的，是一個真實的存在，是真正的你。

「怎麼了，不記得我了嗎？」你笑問。

「真的……有點不記得了。」我不好意思的答，一半言不由衷，一半照實相告。

「你呀，竟然把以前的女朋友都忘了。」

你笑罵，那個酒渦，那抹嫣紅，彷彿沒有半點改變。接著你又問：「你在這裡做什麼呢？」

我不禁一呆，向四周環看一下。是了，這裡是什麼地方？然後我才記起，下班後，我如常乘上回家的巴士，但是突然心血來潮，在附近的車站下了車……然後隨心而行，來到了這個商場……這一個我以前每次送你回家時，都必然會經過的商場。

「沒什麼，只是剛探完一個朋友而已。」我撒謊。

「探朋友，卻不探我？」

我不知應該怎樣應對，唯有說：「對不起……」

「我只是說笑而已。」你又笑了，笑聲如銀鈴一樣。「你還是那麼沒有幽默感。」

聽到你這樣說，我心裡不由得觸動起來。因為這一句，是你以前經常會對我說的話。

在我們還在一起的時候。

你看著雜誌，忽然對我說：「聽說，蠢人最喜歡問『為什麼』。」

我放下手機，問：「為什麼？」

「蠢人。」說完，你笑了。

我想了幾秒，才明白你的意思。我訕訕的說：「很好笑

嗎？」

然後，你向我莞爾微笑一下，繼續看回雜誌。

「你還是那麼沒有幽默感。」

我想反駁你，但是你始終沒有再抬頭，寧願繼續埋首在雜誌裡。

我只好也繼續假裝在看手機。

Cause I'll never
be with you.

「喂，我們有多少年沒見了？」

你喝著凍檸水，忽然問。

「好多年吧……」差不多十年了。

「原來有這麼久嗎？」你放下凍檸水，又問：「這些年來，你做過些什麼？」

「考上大學，畢業，然後工作、工作再工作。」

其實我都不知道，自己這些年來的經歷，有什麼值得好說。

「是做哪一行的？」

「與客戶服務相關的工作。你呢，這些年又怎樣了？」

「我嗎？也是沒有什麼特別的，跟你差不多，畢業後去了雜誌社做 HR，都是一樣在忙著生活。」

我抬頭望望你，你依然帶著微笑，在凝看凍檸水的冰塊，神情彷彿有一點點失落。

彷彿，回憶裡的那些日子，曾經有過一點點不快樂。

然後我想起，這些年來，我試過在臉書或 IG 搜尋你的賬號，想要知道你的一點近況，可惜總是遍尋不獲。

難得如今你就在我的眼前，我應該可以親口直接問你。

但當我抬起眼，看到你也剛好在看著我。

那點勇氣，在下一秒鐘換成了無言的微笑。

「昨晚你到哪裡去了？」

「沒去什麼地方。」

你看著餐桌上的牙籤回答，你正在嘗試弄一顆星。

我忍不住生氣，追問：「明明就是約了朋友去遊玩，還說沒去什麼地方？」

「你又知道我去了玩？」但是你的語氣仍是淡淡的，右手指尖將一點水珠，滴進牙籤堆的中心。

「我問過你的朋友，她們說你去了阿文的家玩。」

「為什麼你要走去問我的朋友？」

你抬起頭，像是不滿，也似是在冷笑。

「你不告訴我，我唯有自己去問。」

「你有問過我嗎？」你的聲音更加冰冷。

「你有告訴過我嗎？」我不甘示弱。

然後你繼續面帶冷笑，不說話。

就只是看著牙籤逐漸化開，變成一個星星的形狀。

我心裡氣結，想要再追問，但是你已經乾脆起身離開。

「那麼，有女朋友嗎？」你繼續問。

「為什麼又是問這種問題？」我忍不住苦笑一下。

「怎麼了，好多女性問過你嗎？」你揶揄。

我搖搖頭，說：「不，不是。只是覺得這種問題，通常會在那些愛情小說或電視劇裡才會見到……想不到現在你也會這

樣問我。」

「哈，那你會覺得，我們現在這齣是愛情劇嗎？然後當我知道了答案，我們就會有一些不一樣的發展嗎？」

我一呆，不明白你這一番話的意思。

你則繼續用吸管，去逗弄玻璃杯中的碎冰，沒有望我。

過了好一會，我如實回答：「我現在沒有女朋友。」

「那男朋友呢？」

「……也沒有！」

你笑著吐了一下舌頭，然後繼續翻弄冰塊。

「如果有天，我們『不幸地』分手……」

你在「不幸地」這三個字上，說得特別慢，特別認真。

「之後你會立即跟第二個人在一起嗎？」

「與你分手，為什麼會是『不幸』？」我第一時間反問。

「那現在與你在一起，又好幸運嗎？」你也立即還擊。

「若你是覺得不幸運，那就算吧。」我晦氣地說，乾脆不看你。

「喂，你還沒有回答我問題啊！」你拉我的手臂。

「有什麼好答的？反正你都不會在乎嘛。」

「……你真的覺得我不在乎嗎？」

「我只知道別人的女朋友不會像你這樣子。」

「……這樣子？」你冷笑一下，又問：「現在你是覺得我失禮你嗎？」

「不是失禮，我只是想你對我溫柔一點！」

說完這一句話，我再也無法承受氣氛的沉重，起身離座走

Cause I'll never
be with you.

出咖啡店。

你沒有跟上來。

那天之後，你也沒有再問過我這一類問題，也越來越少主動和我說話。

而之後我都一直為自己當時的幼稚輕率，後悔不已。

Cause I'll never
be with you.

「這幾年，身邊的朋友變化都很大。」

你突然感慨地說。

「例如呢？」我問。

「嗯……肥妹移民去了美國，應該不會再回來了。美玲去年結婚，但對象並不是從前那個跟她拍拖五年的男朋友。呀，還有，阿文也跟女友結婚了……」

我一愣，那個阿文竟然也結婚了……其實我與他不太熟，

稱不上是朋友，我對他沒有幾多關心，但是以前我總以為，將來他會與你在一起⋯⋯只聽你繼續說：「去年阿花得了癌症，努力了大半年，然後在年初走了。生離死別，大家都經歷過一些，一個不留神，大家原來已經越級去了人生的另一個階段，就像是被騙一樣。」

我默默細想你這一番話，過了一會，我還是鼓起僅餘的勇氣，探問：「那你呢？」

「我？」

「你在哪個階段？」

你看看我，笑了一下，然後拿起凍檸水，說：「我還是在這裡，喝著凍檸水。」

我心裡苦笑，你仍是沒有正面回答我。我再問：「有沒有什麼目標？」

「目標嗎⋯⋯」

你把目光放出餐廳窗外，然後望向漆黑的夜空。

正掛著新月的夜空。

還記得那夜，我跟你兩個人，躺在你家的天台上看星。

只可惜我近視，雙眼無論如何用力注視，也始終無法找到獵戶座的 α 星。

然後你就把你的眼鏡借了給我。我問你：「那你怎樣看？」

「我可以看月亮。」你笑。

「你不是說想看星嗎？」我透過你的眼鏡望向你，因為你的度數比我深，我馬上感到一陣暈眩。

「其實我喜歡月亮多一點。」

「是嗎？」我把目光放回夜空，暈眩的感覺才稍微減退。「但是這天……天上只有新月啊。」

「你不覺得新月的形狀，就像是一張笑著的嘴嗎？」

「你這樣說……也真有點像。」

「你說呢……」你頓了一頓,似乎在想著如何用詞,「我們這一輩子,有沒有可能可以登陸上月球?」

「哈,原來你想做太空人嗎?」

「不,不是想做太空人,我只是想到月球去。」

「到月球去做什麼?」

「去那裡……」

你忽然不再說下去了,我覺得奇怪,轉頭看看你,只見你的臉像是有一點紅。但我不能肯定,因為我仍然戴著你的眼鏡,太近的事物始終無法立即對焦清楚。

「那即是……為什麼想去月球?」

「不告訴你。」然後你轉過頭,不看我。

「……是想和誰一起去嗎?」

Cause I'll never
be with you.

「……不告訴你。」

「哼，不說，那就算了。」

我看回月亮，心裡卻忍不住猜想，你為什麼會這麼想去月球。

但是後來你始終沒有告訴我。

但是後來每次看到月亮，我都會不自禁想起你。

「不如走吧。」

你說，最後一顆冰塊已經完全融化。我點點頭，然後結賬離開餐廳。

走到街上，你深深吸了一口氣，問：「你要去哪裡了？」

「沒什麼打算……」

其實我不想這麼快與你道別，只是你接著便說：「那，我要回家了。」

「嗯。」我讓自己淡然地笑，不要流露半點失望。「那麼我也回家吧。」

「坐巴士？」你問。

「是的。」由你的家回我的家，就只能乘坐巴士。

「我送你吧。」

你笑著這樣提議，然後不等我回答，就往巴士站的方向走去。

我們緩緩走到商場另一方的盡頭，穿過外面的花園，走過一幢幢的樓宇，彷彿像從前一樣，從前你送我到巴士站的那些晚上。

沿途，我默默的感受和對比著，彷彿覺得，一切沒有太多轉變，氣氛依然平靜，感覺依然青澀。即使其實，某些事物已經抵不住歲月消磨，悄悄變換，日轉星移。但至少，我們還在這裡，至少仍如當年昨日，一樣的默契和心跳，一樣的淡然與

不捨……

如果，那時候我懂得珍惜你……

如果，那時候我沒有讓你走……

結局又會是如何。

「你為什麼不聽我的電話？」

最後一次，你突然出現在我面前，問我。

「哪有為什麼？」

我有點窘地回答，當時我正在店鋪兼職上班，店內的客人跟同事，都對我們投以好奇的目光。我低聲說：「你不要這樣子好嗎？我正在上班。」

只是你的聲量不輕：「我知道你在上班，但不來這裡找你，我又可以怎樣找到你？」

我把你拉過一邊，說：「可不可以遲些再談？」

「遲些？知不知道我們多久沒有好好的談過？」你重重的冷笑一下，「一個月了！」

「到底是我不想談，還是你不願意談？」我也忍不住冷笑了。「大小姐，原來你是想真心交談的嗎？」

你直看著我：「因為這樣，你就要避開我？」

我看到你眼眶漸漸紅起來，我有點氣餒，說出心底的想法：「如果每次到最後，都只會像現在這樣吵架，或是相對無言，那麼不如不見，可能更好。」

你抿著嘴，眼淚靜靜的從眼角滑落。

我努力阻止自己的手，去撫你的淚。

一分鐘之後，你終於從我的視線裡消失。

從此以後，在我的生命裡徹底消失。

倚著欄杆，我倆遠眺馬路的盡頭，等待巴士到來。

因為這個車站平時沒有太多乘客使用，若見到來車時，車站的乘客不揚手示意，巴士司機往往會以為你是想乘坐另一路線的巴士，然後不停站的絕塵離去。

患近視的我，不時都會遇到這一種情況。

並不是我不想揚手截停巴士，只是我實在看不清楚，前來中的巴士是幾號車。以前就試過好幾次，我揚手截錯了其他車號的巴士。也試過不少次，以為巴士會停站，但最後我只能眼睜睜看著巴士直接駛走。

Cause I'll never
be with you.

所以，現在沒有戴眼鏡的我，其實仍然是看不清楚巴士的車號。但我還是假裝在眺望，心裡不停盤算著，自己是否應該要把握這個最後的機會，去跟你說些什麼⋯⋯

例如，可不可以告訴我你的新電話號碼？

還是，我告訴你自己的 Facebook 或 IG 的賬戶 ID？

不如下次，如果大家都有空，我們再一起晚飯吧？

或者，下次我來這裡探朋友時，也可以順道來探探你？

我腦裡模擬出各種可能性，評估哪一個方案會最為可行。但是你卻忽然說：「你仍是沒有戴隱影眼鏡嗎？」

「是的。」我一愣，忍不住問：「你還記得我近視嗎？」

你看了我一眼，輕呼一口氣，然後笑說：「巴士來了。」

我往馬路的方向凝視，見到一輛巴士正在駛來，車前的顯示屏，似乎真的顯示著我要乘搭的巴士號碼。我只得說：「嗯，車來了。」

然後你向我揮一揮手，微笑準備離開。

我心裡焦急起來，想對你說些什麼，卻不知怎樣開口。

你突然轉過身來，雙眼正視著我，輕輕的說：「我下星期要結婚了。」

我看著你的雙眼，看著你的臉龐，看著你。你還似是那個時候的你，那眉梢，那眼角，那酒渦，那長髮，你的打扮仍不像一個女孩子，或者應該說不像一個女性，但你仍是比一般女

子，擁有更多女性的味道。你仍是會那般的取笑我，仍是會對著我無言，不會正眼看我，喜歡逗弄冰塊，愛與我抬槓，你身上仍是有著那一點獨特的氣味，讓我找到那一份舒適的感覺，一份令我不能忘懷的情感，就彷彿，你從來沒有改變過，彷彿，你才是我生命裡最熟悉、最值得去留住的人……

只是來到此刻，你的這一張笑臉，卻是我以前從來未看到過的……

你的聲音繼續傳到我耳裡：「不過可惜，我的願望也不能夠再達成。」

「願望？」

然後你抬起頭，看著夜空。

我忽然明白，那時候在天台上，你為什麼沒有說下去。

然後，我聽見自己這樣說：「有些願望，就算沒有達成……但只要現在你真的覺得快樂，那就已經足夠了，是嗎？」

「或者？」

你一笑，不置可否。

這時巴士已經到站，你又再向我揮手，然後轉身離開。我別過頭，上了巴士，從衣袋中掏出錢包，付了車費，在巴士下層的一角坐下來。

我往窗外看，已經不能再看到你的身影。我緩緩的收回眼光，把錢包打開，看見你在笑，你正看著我在笑，然後我又想起，剛才你的那一抹笑容。

來到這天，我終於明白，為什麼你當時會跟我說，想要去到月球。

其實並不是真的想要去月球。

就只不過是，每次看到月亮，都會不自禁地變得想念，都會不自覺地，變得想要回到從前，想回到哪一個誰的身邊⋯⋯

只是那一個願望，來到這天，已經不能夠再實現。

讓你走，你才會找到真正屬於你的幸福。

Cause I'll never
be with you.

願你會快樂到老。

124

Cause I'll never
be with you.

125

Cause I'll never
be with you.

10

/

轉車

Cause I'll never
be with you.

要愛人
要先學會愛自己

於是
有些人會因此放棄
再去認真愛上別人
怕別人發現
自己其實不懂愛
怕對方無法接受那一個
滿身傷痕尖刺
卑微晦暗的自己

Cause I'll never
be with you.

月缺。

米白色的尖頭鞋子，從 40 號巴士落下。

另一雙黑色球鞋，自巴士站的另一邊跟上。

米白鞋子走過了紅綠燈，去到附近的小巴站上車。

不約而同，黑色球鞋也走上同一輛小巴。

小巴頂上的目的地路牌，寫著「佐敦道」。

Cause I'll never
be with you.

黑色球鞋的主人，是普通年輕男性。

米白尖鞋的主人，是普通年輕女性。

此刻她正坐在他身後一個單邊座位，戴著耳機，聽著手機的歌，眼望前方。

在小巴駛至油麻地時，她向司機喊「有落」。

司機在廟街把車停下，他首先起身下車，她也跟著下車。

接著兩個陌路人，往不同的方向離開。

只是走不了幾步，他又忍不住回頭，望回米白尖鞋消失的方向。

第二夜，她又從 40 號巴士站落下。這夜她雙腳踢著淺藍色運動鞋。

如常的，她又往小巴站方向走，然後沒多久，就發現走在前面的他。

她認得這個人，這個同在廟街下車的男人。

這一夜，他依然穿著黑色球鞋。

在走過紅綠燈後，他的腳步稍微落後。走著走著，反而變成她先上小巴，他緊隨而至。

她用八達通付錢，坐在小巴剩下的一排雙人座位。

他也取出八達通，機器卻出現餘額不足的訊號聲。想用零錢付車費，可是他身上又像是不夠零錢。

但司機沒有等他，逕自關上車門出發。他無奈，坐在她身旁的座位，取出五十元鈔票，想與她兌換零錢。

她微微一呆，也許是因為突然有人要兌換五十元零錢而呆住。他見她沒有反應，苦笑了一下，便轉身向其他乘客求助。

這時她卻從零錢包，掏出八元零錢給他。

他歡喜地接過，付了車費後，問她要怎麼還她。

她沒有回答，就只是搖搖頭，向著玻璃倒影微笑。

後來，她又在小巴裡遇上他。

他立即把零錢還她，兩人開始聊起來。

她知道，他住在廟街附近一帶，與她的家相距不遠。

他也知道，她偶爾會因為工作而乘搭 40 號巴士，並在美孚下車轉乘小巴回家。

而他的工作地點，就正巧在美孚。

兩人都感到有點奇妙，因為自己經常乘搭這一路線小巴、在同一處地方下車，但以前竟然沒有遇到過對方，直到如今方知道對方的存在⋯⋯

真是緣分。

Cause I'll never
be with you.

於是在下車後，兩人交換了手機號碼。

接著的每一天，他都會藉故傳訊息給她，偶爾約她一起坐小巴回家。

然後到了某天，她感到很不快樂。

想找個人陪自己，但朋友碰巧都沒有空。

於是她決定約他出來。

他很快就來到了，因為他就住在附近。

他陪她閒逛、說笑、聊天。兩人從油麻地走到旺角，再經過九龍塘、何文田，最後再回到油麻地，花了三個小時，走了一個大圈。

最後在一家好吃的菜館，吃晚飯休息。

Cause I'll never
be with you.

她感到很疲倦了，卻是帶著滿足的疲倦。

已經很久沒有嚐到過這種感覺。

那天之後，每當她感到不快樂，都會約他出來。

從餐廳到公園到酒吧，都有過兩人的足跡。

最後在月圓時，黑色球鞋來到她的家。

度過了一個凌晨。

又月缺。

這天米白尖鞋，依然從 40 號巴士落下。

只是步伐似乎比平常急速，而米白色鞋子旁邊，有另一對啡色靴子在跟隨。

是她男朋友的靴子。是已經在一起了很多年的男朋友。

這夜她的男朋友，忽然來到公司接她下班。她找不到理由推卻，唯有照以往的行程，乘搭 40 號巴士，再到美孚轉乘小巴回他們的家。

嗯，是他們的家。

男朋友長期要在外地工作，一星期只會在香港逗留一至兩

夜。所以她經常也是自己一個人生活，一個人吃飯，一個人入睡。

但這晚，他竟然有空陪伴自己……在這不太合適的時候。

小巴站離巴士站不遠，只要一分鐘的路程就能到達。

她縱然想快些走完這一段路，但是也不能表現得太緊張。

旁邊的男朋友，還要說起不太好笑的趣事。

她想笑，但是真的笑不出來。

Cause I'll never
be with you.

終於走到小巴門前，她又擔心車上會不會有某人的身影，又要擔心某人會不會就在他們的身後。

而當確認安全了、和男朋友上了車，司機卻又不急著開車，還在等其他的乘客……

她聽著男朋友繼續說著的無聊笑話，又忍不住往車窗外看，心裡忽然冒起一個念頭，一個不如離開他的念頭──

既然，他已經跟自己變得不再同步，那倒不如 ……

不要再繼續拖拉下去吧。

就在這個時候，司機終於關上車門，駛離小巴站。

只是她的一顆心，仍在為身邊的男人，與最後沒有出現的某人，而茫然不已。

同一月缺。

黑色球鞋又來到巴士站旁，站著。

巴士來了一輛又一輛，乘客落了又去。

他依然沒有移步，依然在原地站著。

他在等，好整以暇地等。

終於，一輛 40 號巴士到站，但落下的沒有米白尖鞋，就只有一對紅色的 Converse。

Converse 的女主人，留著一頭很好看的長髮。

巴士離開，紅色 Converse 往小巴站走去。接著，黑色球鞋隨紅色 Converse 的腳步前進，更上了同一輛小巴。

並在她身前的座位坐下。

小巴頂上的目的地路牌，寫著「九龍城」。

Cause I'll never
be with you.

137

Cause I'll never
be with you.

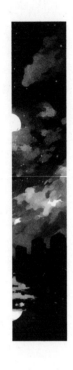

11
/
回收箱

Cause I'll never
be with you.

他沒有找你
不是因為有人
取代了你的位置
而是你從來沒有
在他心裡真正佔上
一個位置

你還沒有重要到
他要找另一個人
來代替你

Cause I'll never
be with you.

你有試過去做別人的心事回收箱嗎？

我做了她的心事回收箱，已經三年。

最初，我從來沒有想過要做心事回收箱。

那時候我還以為，自己會是她故事裡的主角。

「可以告訴你一件事嗎？」

「什麼事呢？」

當時我們坐在海邊，看著對岸的璀璨夜景。那一刻我的心情，本來相當輕鬆寫意，因為之前我與她已經一個月沒有見面了，難得這夜她來主動約我，我們還在一間氣氛不錯的餐廳一起用過晚餐。

怎知道她接下來的話，讓我瞬間墮入冰窟。

「我最近失戀了。」她緩緩地說。

「……失戀？」

「一個月前，我喜歡了一個男生……我們上過幾次街，也有牽過手，但是……早幾天，他決定跟以前的女朋友復合了。」

我很努力地想要組織這些突如其來的大量資訊……那個男生是誰？上過幾次街，是我原本想約她但不果的那幾天嗎？為什麼會突然牽手？除了牽手，還有發生其他事情嗎？在這之前，她知道那個男生仍然掛念以前的女朋友嗎？

只是，在我還未組織及分析好，這些應該或不應該要問的問題前，她已經默默哭了起來。

我手忙腳亂地，想要找出紙巾讓她抹淚，最後我反而什麼都問不到，就只是繼續靜靜的，聽著她斷斷續續地訴說她的失戀和難過。

就是從那一夜開始，我成為了她的心事回收箱。

開始的時候，我還試過安慰自己，她可能是故意告訴我失戀了，好讓我知難而退。

但後來幾天，她都會在深夜或凌晨傳短訊過來，跟我傾訴她的難過、她睡不著、她好掛念那個男生、她仍然會看著他的在線狀態……然後，往往一談就是一個小時或兩個小時，直到

Cause I'll never
be with you.

她累得要去入睡為止。我不得不相信，她是真的喜歡那個男生。

也不得不承認，之前我還以為自己與她有過曖昧，原來都只是我一個人入戲太深。

之後，每次她遇到感情煩惱，她都會傳訊息來跟我傾訴。

她試過喜歡一位已經有女朋友的男生。

試過跟一個總是會在別人前冷落她的男上司在一起。

有一段時期，那個跟前女朋友復合的男生，又回來與她曖昧。

有一年，她為了想要得到一個肯定，經常往返英國與香港，去做某個偶然重遇的中學同學的秘密情人。

每一次，當她突然主動約我晚飯，或是想要去海邊喝酒，我就知道，她當時的心情一定是極其惡劣或軟弱。

因為到最後，她都會倚在我的肩膊上，悲悽地哭起來。

每一次，我內心都會泛起很多複雜的、又或許是不應該有

的情緒。

我不想她不開心。

但她不開心才會來找我。

她不開心是因為她感情不順利。

但我不能夠對此感到開心。

我應該要理性地為她分析感情難題和煩惱。

我會努力想讓她轉悲為喜。

有時我要鼓勵她勇往直前，有時我要勸解她不應繼續沉淪。

但無論結果如何，當她不再有感情煩惱，她不會繼續不開心，我就功成身退。

因為我是她的心事回收箱。

我就只是她的心事回收箱。

Cause I'll never
be with you.

偶爾我會安慰自己，因為她需要我，因為她覺得我了解她，因為她信任我，所以她才會來找我、想起我。在她需要我的同時，我也感受得到自己是被需要。雖然我心裡渴求的，並非只有這種程度的連繫與依靠，但……起碼我在她的心目中，佔有一個分量不低的位置，而且可以更加恆久。

　　看看那一個最初跟她曖昧的男生，現在她已經不可能再念及、再提起半句。而我，仍然可以伴著她，繼續一起經歷，一起成長……

　　或者我該慶幸，我當時沒有太過入戲，然後不小心將一切說破。

Cause I'll never
be with you.

　　而且，每次她找我傾訴後，可以幫她釐清一些感情難題與煩惱，可以提醒她不要重複犯錯，可以看到她一點一點走出難過傷心的泥沼，一點一點變回原本樂觀自信快樂的她……

　　單單是這一點，我就已經感到值得了。

　　雖然偶爾，還是會有感到寂寞的時候。例如她只會在有心事的時候才會來找我，又例如，她原來不是只有我這一個心事回收箱。

有一次，她突然在深夜約我見面。差不多在深夜十二點時前，我乘的士去到她家樓下的公園，她坐在鞦韆上，看著我苦笑說：「你覺得我應該跟他分手嗎？」

　　當時我有點意會不過來，問她：「分手？」

　　她低下頭苦笑，接著開始流淚，我坐在她旁邊的鞦韆上，又等了一會，她才說：「今天我偷看他的手機，見到他和以前的女朋友又再次傳短訊、約會見面。」

　　「他……是指 Manson 嗎？」我盡量假裝平靜地問。

　　她輕輕地「嗯」了一聲。我心裡忍不住苦笑了。

Cause I'll never
be with you.

　　記得三個月前，和她最後一次談心事，當時的她明確的對我說，她已經跟那個 Manson 分開，不可能再在一起。

　　「我還以為，上次和你談過後，我應該可以更信任他，可以更全心全意地投入在這段關係裡……」

　　接著她又這樣說，我突然發現，會聽她談心事的對象，原來不只有我一個。她可能已經不記得，但是我不可能會不記得，自己對 Manson 這個渣男的評價，我不可能會給予她應該繼續信

任他、繼續和他在一起的建議或忠告。

但之後，她像是沒有察覺到我的想法或心情，逕自繼續訴說她的煩惱、不安與猶豫，繼續讓我記起，其實她有多少事情，最初是沒有打算要告訴我知道。

因為她知道，我一定會反對他們繼續在一起。

所以她就選擇不告訴我知道，寧願告訴其他朋友或心事回收箱。

那為什麼她這夜又會找我來傾訴呢？

是因為她已經忘記了，自己對我有所隱瞞嗎？

是因為她需要有人去支持她的想法，而我是比較合適的人？

還是因為，在這一個深夜，可以立即聽她傾訴的對象，就只有我一個人……

只是我再如何猜想，我也是不會知道真正答案。

因為我最後也沒有揭穿她對我的隱瞞。

之後有一段時間，我嘗試越來越遲回覆她的訊息。每次她想約我見面，我都會找藉口來推托。只是她彷彿對我的轉變沒有任何察覺，她仍然會繼續不定時地、心血來潮地，訴說她的心情或胡思亂想，繼續不會過問我的生活或近況。彷彿我就只會是她的追蹤者，而她不需要對我有太多的關心，我就像是不會有任何煩惱與難堪。

終於有一次，我忍不住在訊息裡問她：

「其實……為什麼每次你來找我，都只會分享你的不開心、你的不安，但是你跟別人戀愛了，你有新的喜歡對象，你反而不會立即告訴我知道……為什麼呢？」

然後，在過了兩天之後，她終於回覆：

「因為可能我是一個很重視愛情的人吧，每次投入新戀情、展開新的關係，我的眼中就只會看到對方……所以可能會因此忽略了其他人」

後來，我沒有回覆她的這個短訊。

因為我終於明白，終於又再重新記起，自己真的真的就只是她的一個心事回收箱，不可能會成為她生命裡任何一位她真

Cause I'll never
be with you.

正重視的人。也不可能真的可以陪她一起經歷、一起成長，更不可能成為她生命裡任何一位配角。她從來沒有想過要讓我出場，我就只是一個可以隨時被替換的過客……

既卑微，又可笑。到最後，還是我自己一個人入戲太深。

但就算明知如此，我還是無法做到完全對她硬起心腸，不再去回應她，不再去理會她的邀約。

即使我明明知道，她就只會是有求於我，就只是想要有一個人的附和或陪伴……但我還是不捨得讓她自己一個人迷失、難過或無助，不捨得她在最失意的時候，要繼續獨自承受這個世界的冷漠與殘酷。

直到兩年前，她交了一個值得信任、愛她、大家都一致讚好的男朋友。

她終於沒有再找我傾訴了。

只是我的內心從此像是缺了一塊。

然後，昨天晚上，她忽然傳來一個短訊。

「我們打算在明年六月結婚呢 ^__^ 我想請你做我的姊妹，你會答應嗎？」

這一次，我又應該答應嗎？

這一次，但願真的會是最後一次。

Cause I'll never
be with you.

12
/
差一點

Cause I'll never
be with you.

他不找你
是一種難受
你不找他
是另一種難受

他不找你
只因他早已忘了你
你不找他
只因你太想忘了他

而他不會知道或在意
而你又會想為何只有
自己還會如此在意

Cause I'll never
be with you.

「吃晚飯了嗎？」

『吃過了』

「唔……」

『我去洗澡了，待會再談』

「哦」

我這樣輸入，然後你很快就離線。

那一次，是我們最後一次，在短訊裡交談。

那夜之後，你沒有再來找我，我也沒有在其他聚會裡碰見你。

偶爾仍然會聽說你的近況，但是我已經沒有勇氣再向你問好。

『不如……』

「唔？」撐著眼皮，我在鍵盤輸入。

『你這天累了，不如早點去睡吧』

『女孩子，太晚睡對皮膚不好』

你在訊息裡，這樣對我說。

「我不累呀」

按下傳送之後，我又再傳了一個笑臉符號……

『你還說不累？』

「真的不累呀……」

『那你怎麼給我一個憤怒的符號呢』

　　我一呆，看回早前的對話紀錄，果然我按錯了笑臉旁邊的
火紅臉。

我不由得腦袋清醒了一下，然後輸入：「我只是不喜歡你這麼婆媽呀！」

　　『我什麼時候婆媽了！』

　　然後你傳回我同一個憤怒的表情符號。

　　然後，我和你繼續短訊，聊到第二天清晨。

Cause I'll never
be with you.

　　「你走哪邊？」

　　「這邊。」我用手指向你要走的方向。

　　「那……一起走吧。」

　　你的樣子像是有點無奈，也像是不怕讓我察覺。

　　「是了，最近你……好嗎？」我微笑問你。

「為什麼這樣問？」你側頭回望我。

「沒什麼，關心一下而已……」

「……哦。」你像是不相信，過了很久才回答：「沒什麼好不好，跟從前一樣。」

我知道，你其實並不想回答。

又或許，你只是不想和我說話。

就算我再問，再主動，到頭來，還是會更加自討苦吃。

「我送你回家吧。」

「送我？」我有點詫異，又忍不住想笑。「你知道我住哪裡嗎？」

「不是……沙田嗎？」你答得猶豫。

「是呀，但你怎麼知道我住沙田？」

「唔……」你右手搔頭，每次你感到緊張，就會下意識地搔頭。「不記得聽誰提起過。」

「哦……」我將尾音拖得長長，笑了。

你的臉色像是有點窘，但還是正色說：「那麼，我送你吧。」

「為什麼要送我？」

「深夜一個人回家，危險嘛。」

「但我的男朋友會來接我啊……」

眼前出現了一個傻瓜的表情。

「說笑的啦！我沒有男朋友。」

我對你吐吐舌，心裡只覺得無比幸運，然後我微笑對你說：「謝謝你。」

然後我看到了，你最溫柔的一張笑臉。

有天，我在新聞報導看到，歐洲一個世界級的歌劇團，將會首次到台灣公演。

以前聽你提起過，你很喜歡這個歌劇團的表演。於是，我在網上不停的翻查資料，查詢表演場地與場次。

第二天回到公司，再向人事部計算自己還有多少大假，又向上司探問，有沒有可能在二月請假數天。

為的，是我也喜歡那世界級歌劇團。

為的，是想與你一起去欣賞，大家都喜歡的表演……

然後，我鼓起勇氣，打電話給你。

只是電話一直都沒有人接聽。

Cause I'll never
be with you.

「喂，你之前想看的那齣電影上映了！」

「那……又怎樣呀？」

「不去看嗎？」

「和你？」我猶豫。

你的笑聲從聽筒傳來。

「但那是西班牙語電影啊。」

「沒關係啦！」

「……沒關係？你可能會看不懂啊。」

「那我去買票了！」

「喂、喂！」

後來，電話網路商的預定錄音說，該號碼暫時停止服務。

我把滿是公映資料的電腦螢幕關上。

後來，某朋友無意中說起，你早前換了新的電話號碼。

我已經沒有可能，再去主動約你……

「我換了新的手機號碼……」

Cause I'll never
be with you.

「換號碼？」我放下你的手提遊戲機，問。「為什麼突然換號碼呢？」

「我不喜歡之前的號碼嘛。」

「哦……」然後，我沒有再問，假裝繼續埋首於遊戲機裡。

「你就不想問我，換了什麼號碼嗎……」

你的聲音越來越緊張，我心裡偷笑。

「問來幹嘛？」我說。

「……那算吧，以後你不要再 whatsapp 找我幫你買貓糧。」

「咦……」我放下手提遊戲機，連忙問：「你連 whatsapp 也改了號碼嗎？快告訴我你改了什麼號碼！」

你卻做了個鬼臉，並拿起手提遊戲機來玩。

我感到自己的臉有點熱了……

Cause I'll never
be with you.

有一天，我在街上無意中遇見你。

其實也不算是真的遇見，我們在一條繁忙的街上，擦身而過。

本來我是看不到你的。

可是當你在我身邊走過的一刻，心裡突然泛起一點漣漪……

我連忙轉頭，看見熟悉的髮型與身影。

但是你沒有回頭。

你的身邊，有著一個我不認識的女性。

你正在低頭，和她談笑。

那一點目光，是有多麼溫柔。

曾經我也感受過那點溫柔。

Cause I'll never
be with you.

「喂，昨天我在街上見到你啊。」

「是嗎？」我讓自己裝作自然。

「當時我有回頭叫你，你聽不見嗎？」

「聽不見。」

其實，我是聽得見。

「噢，那算吧。」

「⋯⋯昨天你上街做什麼？」

「陪妹妹買電腦嘍。」

「你⋯⋯有妹妹？以前不見你提起過的？」

「她在澳洲讀書嘛，」可你毫不察覺我的異樣，笑。「下次帶她出來讓你認識吧。」

Cause I'll never
be with you.

「⋯⋯你家裡還有什麼成員？」

「兩老、跟一個妹妹嘍⋯⋯」你終於露出奇怪的眼神，反問：「你問來幹嘛？」

「關心一下，不行嗎？」

我別過臉，不敢看你。

「哈哈，你關心我嗎？」

笨人這樣追問……

然後我走得遠遠的，不要讓你發現我的臉紅。

而你也沒有追上來。

看著手機，那一個來電紀錄。

上一次你致電給我，是一個月前。

每天，我都必須將其他新來電與撥出的通話紀錄刪去，才能確保那一個月前的紀錄仍在。

再打開 whatsapp，那一段 12 月 16 日的對話內容。

雖然不是什麼特別的、十分值得留念的語句。

但每次再讀，仍是讓我可以開懷上幾秒鐘……

那就已經很足夠。

「喂，天冷了，有沒有多穿衣服呀？」

那天，我陪上司出外考察時，手機傳來了你這個短訊。

我嘆一口氣，用已經冷得麻木的雙手打字：

「明知我的手都凍僵了，還要我打 message，你是不是靠害？」

但之後，你還要繼續傳來短訊，並威脅我：

「那是不是要我現在打電話來提醒你 —— 天氣轉冷了，記得要小心保暖，否則你的寒冰掌第十層，就快會大功告成啊！」

我連忙不動聲色的回你「不要」，還附上「白痴」兩字。

只是心裡，還是湧起一陣窩心的暖意。

然後你約我，下班後一起去吃火鍋。

那天晚上的快樂，直到現在，我都仍然記得很清楚。

已經有一個多月，沒有見過你。

但有時候，我會在夢裡見到你。

好多次，你都是匆匆一現，然後就消失了。

Cause I'll never
be with you.

似乎，就算在夢裡，我都沒法子留住你。

唯獨有一次，你一直坐在我面前，沒有消失，乖乖的對著我。

就只對著我一個人笑。

我也笑了，安然地。

然後，我坐在你對面，緩緩的問你：

「你近來過得好嗎？」

「不錯呀。」你笑得燦爛。

「女朋友⋯⋯還會像以前對你不好嗎？」

「她嘛⋯⋯」

手抓頭，幾聲傻笑，不知所措的表情，彷彿跟我從前認識的你，一模一樣⋯⋯

「她真的改了，不再像以前般那麼大脾氣。」

你這樣回答。

我努力的，對你微笑了。

然後夢醒。

我還是忍不住哭了。

「吃晚飯了嗎？」

「嗯。」

「即是吃了沒有呀？」

「都說吃了嘛。」

「你一定只是吃了杯麵吧！」

「……你怎知道的？」

「你有什麼我會不知道的！」

「……你說得好像是很了解我似的。」

「快下來吧。」

「下來？做什麼？」

「你下來就知道了。」你說，然後掛斷了線。

我匆匆換好衣服、打扮，走到家的樓下。

Cause I'll never
be with you.

然後見到你在大堂的前面，捧著一個保溫袋，對我笑。

「什麼來的？」我問你。

「你自己打開來看吧。」你懶神秘，又說：「你一定要把它吃完啊！」

我不明白的望一望你，你卻將保溫袋的一邊遞向我，示意要我打開。

沒法子，我只好從另一邊將它小心打開，接著看到一個雙手般大小的錫紙袋。

而內裡所藏著的，是我一直都想嚐到的，焗雞脾意粉……

「嘩！你是在哪兒買到的？」

「什麼買的呀、是我自己弄的！」

我呆了一下，不敢相信。我只是跟你提過，小時候很喜歡吃一間快餐店的焗雞脾意粉，但長大後很難再在餐廳吃得到。想不到，你竟然會親手為我去烹調，而我知道你從來都不會下廚。

「⋯⋯可以吃的嗎？」

我問你。

「⋯⋯別小看我！」

你有點臉紅。

我笑了。

那夜，我們在家樓下，愉快地一起嚐了那焗得太熟的雞脾意粉。

Cause I'll never
be with you.

或許你當時不知道，我總在你不以為意的時候，悄悄望你。

那一刻，我是有多麼的想，去成為你的女朋友⋯⋯

真的，真的是這樣的。

曾經，我是這麼喜歡著你，你也似是喜歡著我⋯⋯

如果將那一刻曾經定格，也許就可以成為永恆了，是嗎？

如果當時候，我有鼓起勇氣，對你說，我喜歡你……

只是，我尚未來得及對你開口……

第二天，你以前的女朋友先一步對你說，想要跟你重新在一起……

而你答應了。

Cause I'll never
be with you.

就是只差那麼一點點。

就是如此而已。

Cause I'll never
be with you.

13
/
探貓

Cause I'll never
be with you.

與其說
你是以朋友的身分
陪在自己喜歡的人身邊

不如說
你是以陪伴的名義
讓自己有藉口陷得更深

你知道
你們不會在一起
你不會讓自己踏前一步
因此也不會有更迫切的原因
勉強自己早一點心死

Cause I'll never
be with you.

不少人都說，分手後，就不應該再做朋友。

但是我和她，三年前分開了，如今我們還是朋友。

還是一對經常會碰面的朋友。

當初，是她向我提出分手的。

沒有交代太多原因，她只是簡短的，告訴我想分開。

我很喜歡她，從第一次在公司認識開始，我就不自禁地受到她的吸引。

她是一個不愛講話的女生，平常跟她相處，她也不喜歡用言語來表達自己的想法。很多時候，我需要去留意她臉上的表情變化，去推敲猜想她的心意或感受。

就例如，當我終於鼓起勇氣，在一個氣氛不錯的海岸，向她表白，那時候她始終沒有點頭或搖頭，也沒有說好或不好，就只是一直沉默，之後更突然轉身走開，剩下我整晚與海風作伴……

後來我苦等了幾乎一個星期，有天下班後，我送她回家，

在過馬路的時候，她突然牽住了我的手，我才知道她原來接受了我的心意。

也因此，我們在一起後的第三個月，有天晚上她突然開聲，跟我說「想分手」。縱然我的心裡十分難過，但我知道她是真的很想跟我分手，才會忍不住開口向我提出。我有想過問她原因，但是當想到，就算我真的去問，她大概也是只會一直低頭不語，或是直接逃走。那麼，與其讓彼此更難堪，倒不如讓她更輕鬆自在地離開，也是一種好聚好散。

只是在我們分手後的第二天，她如常地傳我短訊，告訴我記得要餵貓。

我家養了兩隻貓——小墨和小灰。之前我們在一起的時候，她幾乎每天都會來我的家，陪牠們玩，為牠們拍照，全心全意地做一個貓奴。她喜歡貓，有時候我會覺得她喜歡貓多於喜歡我。對著小墨和小灰，她會笑得更燦爛，會比平常說更多的話。只是我沒想到，在分手之後，她仍然會繼續來我的家，為牠們買貓糧，幫牠們換貓砂，然後更如往常般幫我的家打掃。

後來她換了工作，我們不再在同一個地區上班。有時她比我早下班，因為她仍然保留著我家鑰匙，於是她會先回去我的家餵貓。當我下班回到家裡，她通常已經準備好晚飯。

Cause I'll never
be with you.

吃完晚飯後，她會繼續陪小墨小灰玩要，或躺在沙發上休息。等我洗完碗，等到深夜，我會陪她到車站，看著她乘上巴士回家。她一直都不喜歡待在家裡，跟家人的關係說不上好或不好，就只是他們都同樣是不愛說話的人，也因此並不真正互相理解。

偶爾我會覺得，我的家、我的貓，是她的一個避風港，而這不過是暫時的。總有一天她會找到新的對象，新的避風港。只是在和我分開之後，她一直都沒有與別人談戀愛。有些朋友與舊同事甚至以為，我們從來沒有分開過。

每次聚會，他們都會透過我來約她，因為如果我沒空出席的話，她通常也不會出現。在聚會裡，她也總是會坐在我的旁邊，默默地陪我和其他朋友聊天玩樂。我知道這並不代表什麼，只是別人也會繼續誤會下去，沒有人會來問我們真實的情況，我們也不會主動向別人解釋。

漸漸，我由最初以為，這樣的關係應該不會長久，變成我也開始習慣，她會繼續出現在我的生活裡。即使我仍然無比喜歡她這個人，而她也只會把我視為一位真正的朋友。

假期時，有時我們會一起去逛街，我們開始培養了一些共同的興趣，例如看恐怖電影，例如去尋找好吃的黑朱古力，例

如去日本北海道看雪景，例如迷上地下音樂，一起去追星。

　　偶爾乘車時，她會倚在我的肩上睡覺，但也是僅此而已。我們不會牽手，不會接吻。我們會為對方慶祝生日，會一起過聖誕、過情人節。我們不會吵架，不會冷戰。我們會記得對方的事情，會明白對方的所思所想，猶如一位真正的家人。

　　直到在分開後的第二年，她喜歡了另一個人，不久之後，更發展成為情侶。

　　那段日子，她變得少來找我，由原本幾乎隔天會上來我的家，變成每星期才會來一至兩次。往時我們每天會傳很多短訊，但是她漸漸會已讀不回。雖然我一直告訴自己，這一天總會來臨，只是我還是嚐到一種再次失戀的感覺，還是應該說，是遲來的失戀感覺……

　　最初我真的有點無法適應，一個人吃飯，一個人逛街，一個人不說話，一個人回憶身邊那個不再存在的人……我有想過打電話找她，但是每當想到她心裡現在有一個更在乎的人，她此刻可能已經伴在那個人的身邊，而我是否還應該要如此卑微地乞求一點什麼，而我其實就早已清楚自己就只是一位普通朋友……

後來經過了兩個月的時間，我才逐漸適應沒有她陪伴的日子。

只是在半年後，她跟那一個人分手了。之後她又變得經常會來我的家餵貓，會約我一起去晚飯、看電影、去追星。

她沒有告訴我為什麼分手，我也從來沒有問過她。彷彿就從來沒有那一個人出現過，即使我仍然會看到，她的手上仍然會戴著他送的手鍊，她手機的桌布仍然是他們一起看過的海岸。

偶爾她的雙眼會失去焦點，我知道她應該是想起了某些回憶。有時她會突然失蹤一整天，以前她不曾這樣，我明白有些事情已經變得不再一樣，也不由得我去不接受或改變。

我們就只是朋友，就只是兩年前曾經在一起過三個月的男女朋友，如此而已。就算我心裡有著任何情緒或感受，但是我知道自己不應該向她表現出來，因為我太熟知她的性格，她一定會不知道如何回應，或是用最擅長的沉默來面對。最後她一定會選擇逃開，甚至會因此而埋怨，我讓她無法再來我的家探望小墨小灰，剝奪了她的心靈慰藉。

而其實，只要她會回來找我，只要她沒有忘記我這一個人、她還會再來我的家，我覺得就已經足夠了，我覺得，其他的一

切，也已經不那麼重要了……

即使來到這天，我依然會喜歡她，依然會好想好想，有天可以和她重新開始，和她成為真正的家人，一起成長、經歷更多幸福喜樂，白頭到老。

「喂……」

「嗯？」

「謝謝你。」

那天，我們晚飯後，我如常送她回家，她忽然看著我，輕聲這樣說。

「為什麼忽然向我道謝？」

但她只是微微搖頭，沒有答話。之後巴士來了，我目送她上車，她仍是沒有回頭看我。

從那天開始，她沒有再來找我，再沒有上我的家。小墨小灰偶爾會向我低呼，彷彿是想念牠們的奴才，牠們最喜歡的一位同伴……那時候我才想起，她的性格其實也有點像一隻貓，

高傲，獨來獨往，不受束縛，難以捉摸⋯⋯

但我相信，有天她還是會再次回來這裡的。

只要她仍然保留著鑰匙，只要她仍然會想念這一個家。

就算她心裡還有著其他更加想念的人。

就算她依然是我最喜歡、最重視、最放不下的誰⋯⋯

Cause I'll never
be with you.

如果她不會介意，我都不會介意。

Cause I'll never
be with you.

14
/
慶生

Cause I'll never
be with you.

往往
盡力忘記很難
盡力疏遠比較容易
盡力放下很難
盡力躺平比較輕鬆

只要不主動
可以減少很多煩惱
只要不再見
緣分就會漸漸消失

世事總是如此

Cause I'll never
be with you.

每一年生日，他都會等候她的祝福。

「生日快樂。」

「為什麼突然跟我說生日快樂？」Thomas 看著一臉笑意的她，不解地問。「我又不是今天生日。」

「我知道啊，你是十月出生吧。」

他心裡有些意外，她竟然會知道他何時生日，但還是裝作如常地回道：「那為什麼突然說生日快樂。」

「現在我跟你說了生日快樂，那麼我就是今年第一個人跟你說生日快樂了。」

她得意地回道，Thomas 怔怔地看著她，心裡忍不住想，原來她這個人竟然可以這樣無聊。

只是不知為何，他又有一種感覺，自己彷彿與這一個人變得更加親近，他像是窺見了她從來沒有對人展現的面貌，而她

竟然會選擇對自己真情流露。

　　過了半分鐘，他才懂得回應：「那麼，我也先跟你說生日快樂好了。」

　　她卻反問：「為什麼你現在跟我說生日快樂？」

　　「學你嘛，這樣我就是今年第一個人跟你說生日快樂了。」他記得她的生日是在六月，離現在還有九個月時間。

　　「這樣你就要負起責任啊。」她忽然一臉認真。

　　「負什麼責任？」他傻住。

　　「你是第一個跟我說生日快樂的人，按道理，你就要負起和我慶祝生日的責任了。」

　　「……哪有這樣的道理！」Thomas 哭笑不得，又忍不住追問：「那你現在是第一個跟我說生日快樂，到時候難道你也要跟我慶祝嗎？」

　　這次她沒有說話，就只是看著他，微紅的臉上，滿是笑意。

Cause I'll never
be with you.

後來不知為何，他將話題先行帶開，兩人再沒有就「慶生」這個題目繼續討論下去。

當時他以為，這次對話純粹是一場玩鬧。

只是後來，隨著自己和她的認識變得越來越深，隨著兩人的距離變得越來越親近，他偶爾回看這次對話，原來是從那時候開始，自己才真正留意得到她這一個女生。

只是後來，隨著她與自己的關係漸漸變得疏離，隨著兩人從熟悉再次變回陌生，隨著自己的生日變得越來越接近，Thomas心裡開始期待，在自己生日的那一天，她會不會還記得當時的那一個玩笑、那一個約定，她會不會為自己慶祝生日？到時候，他們會不會又再次變回從前的親近，到時候，自己是不是應該要更主動勇敢地，去留住這一個人。

他一直都好想知道答案，一直都好想那天快點來臨。

但最後，他的生日過去了，她還是沒有主動來找過他。

那天他收到很多人的生日祝福與問候，但是他始終沒有收到她的任何短訊。

Cause I'll never
be with you.

是因為她早已經跟自己說過生日快樂吧，所以她這天不會再跟自己說任何祝福的話⋯⋯是這樣嗎？應該是這樣的。

　　但是他也知道，這其實不過是在自欺欺人。

　　然後，時間繼續無情地過去。她生日了，Thomas 傳訊息過去，跟她說「生日快樂」，但是她依然沒有任何回應。

　　然後，又到了他的生日，她也沒有任何祝福。或許是因為，她當時已經有男朋友吧，但是他立即取笑自己這種幼稚的想法。

　　他偶爾會在朋友的臉書和 IG 裡，看到她跟其他朋友慶祝生日，或留言送上祝福，不論是同性或異性，不論他們本身是很親近還是點頭之交，而自己卻一直只能得到她的冷漠對待與刻意疏遠。

　　直到現在，他始終無法明白，為什麼那時候，自己會突然與她漸漸變得疏離，會突然由像是快要變成情侶的曖昧，變成彷彿不想再靠近、不想再花時間去相處了解的漠然陌生。

　　他有想過要問她答案，只是他又會想，自己如今又有什麼資格去問，他只不過是一位在街上偶然遇見也未必會互相點頭微笑的朋友。若真的不識趣地去上前問她，最怕的不是會讓她

尷尬難堪，而是自己會變得更加無地自容。

只是，一年過去了，兩年過去了，五年過去了……每一年他的生日，他都會不由自主地，想起了她這個人，想起了那一句「生日快樂」，想起了他們有過的快樂與陌生。

即使她都已經結婚了，她已經展開了一段，不可能再與他有任何關連的人生。

但他還是會記得，她看著自己時的得意表情，她那水靈卻又帶點狡點的目光，還有那一抹臉紅。

這是她所給予自己的，唯一的，也是最後的一份生日禮物。

「你 IG 的 ID，是 thomashui1016 嗎？」

「是啊，怎麼了？」

她沒有回答，就只是看了 Thomas 一眼，然後又看著他 IG 賬號上的「1016」，再翻看他的舊照片，找到去年的 10 月 16 日，

其他朋友在一間餐廳為他慶生。

原來他也是 10 月 16 日生日。

然後她又記起，去年的 10 月 16 日，她在手機裡傳送了最後一次「生日快樂」給某個人，然後依然像之前的每一年一樣，沒有得到對方任何回覆。

還要繼續下去嗎？還要再讓自己如此卑微嗎？

或許是時候，自己應該要向前走了……

「生日快樂。」

「為什麼突然跟我說生日快樂？」Thomas 放下原本正在看的書，一臉茫然地說：「我又不是今天生日。」

「我知道啊，你是十月出生吧。」

她看著眼前的這一個他，這一個也是 1016 的男生。

就讓那些思念，那些無法送出去的祝福，留給下一位更加值得去留住及珍惜的人。

就讓那些遺憾，那些無法再重來的喜歡與心跳，繼續埋藏在心底，變成一段以後不會再追悔的回憶。

Cause I'll never
be with you.

191

Cause I'll never
be with you.

15
/
在意

Cause I'll never
be with you.

有一種安心
是你喜歡的人
就在你的身邊

有一種難受
是他就在你的身邊
但你知道這份喜歡
不會有結果

Cause I'll never
be with you.

那年。

「不如待會去唱卡拉 OK，好嗎？」

在咖啡店裡呆坐了一個小時後，她向坐在對面的他提議。

「唔⋯⋯你想去嗎？」他卻表現得不甚熱烈。

「好久沒去了，最近的新歌都沒有唱過。」

她讓自己表現得輕鬆，將這番其實已經在腦海裡醞釀了十五分鐘的理由，盡量說得自然。

Cause I'll never
be with you.

「唔⋯⋯」

他沉吟，向著看不見她的方向，注視了好一會。

「待會再決定吧。」最後他如此說。

「哦。」

她應道，努力讓自己表現得沒有所謂。

她知道，就算自己有所謂，也是沒有作用。

這時候，他的手機響了起來。他看了一下螢幕，便立即按鍵接聽。

「嗯，是嗎？我沒有在忙……」

她留意到，正在與別人通話的他，臉上開始露出笑意。

「很悶嗎？唔……」

說話的語調，也比剛才變得活潑。

Cause I'll never
be with you.

「那不如出來逛逛吧？」

然後她看到，他的雙眼流露出的盼望。

「去卡拉 OK 唱歌，好不好？」

然後她感到，自己心裡那點哭笑不得。

「嗯，就這樣，再電聯吧。」

通話完結，他放下手機。

過了一會，他對她說：「我約了 Kitty 出來。」

「去唱卡拉 OK？」她問。

「嗯。一起去吧。」他說。

她讓自己微笑一下，點頭。

「近來你經常見她呢？」

「有嗎？」他一臉淡然，過了一會又問：「有嗎？」

「沒有嗎？」她反問。

「是你多心罷了。」

說完他靜靜喝他的咖啡，不再作聲。

她也沒有說話，低下頭。

她知道他不想再談這個話題。

那月。

「我想買提子朱古力豆呢。」

在無印良品的零食櫃位前，她向身邊的他笑說。

他像是沒有聽見，雙眼只是在不停四處觀望。過了一會，
她在貨架找了又找，還是看不到提子朱古力豆，於是嘆氣道：
「但是好像缺貨呢⋯⋯」

「是嗎？我也找不到想要的。」

「你想找什麼？」她問他。

「唔⋯⋯咖哩飯即食包。」他繼續掃視著貨架，低喃。

「很好吃的嗎？」

「我不知道……」

　　他這樣回答，但她不相信這就是答案。忽然他拉著一個剛好走過的店員，問：「請問你們的咖哩飯即食包，是放在哪兒？」

　　「不好意思，咖哩飯即食包缺貨了。」店員說。

　　「哦……謝謝。」他一臉失望的，抓頭。

　　「那個……很好吃的嗎？」她又再問他。

　　「不，我不知道。」他呼了口氣，往店門口的方向走去，又說：「只是早幾天跟 Candy 聊天時，她說想買這兒的咖哩飯即食包。」

　　她跟著他走，不明白的問：「為什麼一定要買這兒的？」

　　「我不知道呀，或者她不過是想試試而已。」

　　「其實吉之島也有賣咖哩飯即食包嘛……」她低聲說。

　　「但吉之島並不是無印良品嘛。」

「是嗎？」

「怎樣？還有沒有東西要買？」

他轉頭問她，這時他們已經走到了店外。

她搖搖頭，跟著他微笑走前。

那日。

「對不起，等了很久嗎？」

他喘著氣，坐在她的面前。

「不，我也剛到而已。」她說，其實她在這餐廳已坐了十五分鐘。「要點飲品嗎？」

「不用了。」他答，笑著說下去：「還好沒有讓你等太久。」

「已經等過了這麼多次，無所謂啦。」她不自覺地語帶雙關，卻又留意到他的表情變化，立即堆起笑臉帶開話題：「幹嘛遲來了？」

「嗯，昨天晚睡了，所以⋯⋯對不起。」他再一次抱歉的對她笑，然後從背包拿出一個小紙袋，說：「嗯，這個，還給你的。」

她緩緩接過紙袋，沒有打開細看，只是放在身旁的座位。過了好一會，她問：「近來工作忙嗎？」

「唔⋯⋯不太忙啦，還是差不多。」他回答得有點不自然。

「嗯⋯⋯」她低下頭來，想要找話題。「聽說你上星期與同事去了大澳？」

「是呀，上星期天。」他的臉上，忽然露出了一絲明朗的笑容。「拍了好多照片，遲些再傳給你看吧。」

「好呀。」她也努力的笑，繼續接話：「那兒好玩嗎？」

「還不錯的，那兒的景色別有一番風味，你有機會也應該去逛逛。」

「真的嗎？我會考慮一下……」其實她從不喜歡郊遊，但她會如此回答，不過是順著他的話興而已。「不過沒想過你會去大澳呢……要到大澳去玩，應該要比平時更早起床，更早出門吧？」

「是呀，我又差點睡到不知道時間。」他搔了搔頭，又笑著說：「不過 Maggie 纏了我一整個星期，說無論如何想要我也一起去，那天早上她又不停打電話來吵醒我，想不去也不行了。」

「哦……」

接著不知為何，兩人再沒有說話，剩下一陣沉默。

Cause I'll never
be with you.

「嗯……我要走了。」

終於，他這樣說。

她笑笑，問：「約了人？」

他點頭。

「你先走吧。」她對他說，揮揮手。「我想多坐一會。」

他也沒有多說什麼，就留下她一個人在餐廳裡。

然後當看到他的身影完全消失，她從皮包裡掏出手機。

那年，是她第二年想要成為他的女朋友。

那月，是她正式做他女朋友的第一個月。

那日，是她跟他正式分手後的第十八日。

她實在不明白，為什麼他總是在自己面前，會對其他異性表現得那麼在意。

她看著紙袋裡的東西，都是自己從前為他做的小玩意。

鎖匙扣、錢包、手機繩、護身符。

現在一件不漏的，統統歸還給自己。

最後他終於有對自己在意嗎？

想到這裡，她又禁不住苦笑。

她打開手機的 IG，裡面正顯示著，Maggie 的個人賬戶檔案。

其實她也不明白，為什麼終於捨得與他分開了，但是自己彷彿都沒有改變……

自己還是會對這一個不在意自己的人，如此在意。

繼續一個人，自討苦吃。

Cause I'll never
be with you.

16
/
放下你

Cause I'll never
be with you.

那一個誰的生日
後來你記住了多少年
但你從來沒有
對他說過一次生日快樂

他以為
你們原來並不是真的友好
旁人也以為
你從來沒有半點認真

然後每年的十一時五十九分
你都會對空氣說一聲
生日快樂

Cause I'll never
be with you.

就只有你一個人知道
就只有你一個人在乎

不同的人，對「放下」這個詞語，有著不同的詮釋。

也許你是，希望在某天醒來後，不會再為過去耿耿於懷，即使偶爾記起了，也不會再感到心痛。

也許你是，要像電影《Eternal Sunshine of the Spotless Mind》般，以洗腦的方式，徹底刪除某些人與事的所有相關記憶。

也許你是，只要不會再記起某些傷心的記憶，但仍然可以念記從前快樂的時光，那就已經足夠……

而他的放下，卻是另一種模式。

一種很簡單的模式。

在三年後第二個月的某個夜深，他下了一個決定。

趁著家人都入睡了，他獨自離開家門，去到附近的一個公園。四周都沒有人，他拿出手機，按下一組電話號碼，一組曾經太熟悉，現在仍沒有淡忘的號碼。

不知道這個號碼，如今是否還能接通？

他心裡猶豫了幾秒，最後還是按下「撥出」鍵。

幸運地，電話接通了。他吸了一口氣，把手機放到耳邊，數著訊號聲響起的次數。

一下、兩下、四下、八下⋯⋯

在他想要掛斷的時候，電話的另一邊終於接聽。

「喂？」

「喂，Sandy？是我⋯⋯認得我嗎？我是 Andrew。」

說完這裡，他心裡苦笑一下，笑自己的尷尬與唐突。

「原來是你⋯⋯」她的語氣像是有點意外，但並不抗拒。「這是你的新電話號碼嗎？」

「嗯，是的，以後都會用這個號碼。」

「哦⋯⋯」她單音回應，過了一會，又問：「找我是有什

麼事嗎？」

　　他微微吸一口氣，笑說：「沒什麼，只是突然想起你，想找找你而已……你在忙嗎？」

　　「不忙。」

　　「那……我可以問你的近況嗎？」

　　「可以。」她笑著說。

　　「嗯，你還是在以前的公司工作嗎？」

　　「我已經離職了。」

　　「真想不到呢……是何時離開的？」

　　「嗯……大約兩年前吧。」她頓了一下，忽然又補充：「是在你離開的半年之後。」

　　「那……你現在是做什麼工作？」

　　「秘書。」她得意地笑了一下。

「啊，你終於如願以償了。」他記得，她以前曾經修讀過秘書課程，只是不知為何，她之後的工作都與秘書的職務沒有半點關連。

「不過最初上班時，還是有點不習慣；簡單如 Excel 的操作和應用，我都幾乎忘記了，要花一段時間才能夠重新上手。」

「我們以前的工作根本不會用到 Excel，這也是無可奈何呢。」

「嗯……」

「是在大公司還是小公司上班呢？」

「小公司而已，老闆是外國人，現在每星期只需五天工作，每天六時準時收工。」

「這麼好？我跟以前一樣，還是六天工作。」他嘆氣。

「你……仍是在做著客戶服務類的工作嗎？」

「客戶服務，傳媒公關查詢，市場調查和分析，每樣都做一點，但職銜始終不變。」他苦笑回答，然後又問：「是了，

你還有跟以前的同事聯絡嗎？」

「有，我偶爾也有回舊公司探望他們。」

「我很久沒有回去了……他們好嗎？」

「你不知道嗎？很多人都已經離職了。」她的聲音有點感慨，接著又說：「不是被裁員了，就是要調去其他地區工作，很多人都已經另覓發展了。從前我們認識的同事……唔，如今就只剩下兩三個還在那兒上班。」

「這間公司果然沒什麼人情味呢……還有誰在那裡上班呢？」

「應該都是一些你從前不太熟稔的，例如營業部的 Dickson，市場部的 Tina……」

「嗯……好冷清的感覺。」

然後，電話裡出現了微妙的沉默。

十鈔鐘過去了，她沒有作聲，他也是一樣。

他記得，從前和她通電話時，她偶爾也會像現在這樣，當想不到什麼來接話時，她就寧願不作聲，不會勉強去找一些話題，或發出一點聲音，來打破通話中的沉默與尷尬。

　　曾經試過，五分鐘過去了，他們都沒有說過半句話，彷彿彼此都不想再勉強自己去迎合對方、繼續說下去，但也彷彿彼此都不願意去主動結束這段通話、這一段關係。

　　有時他會想，或許這是她的待人處事方式，她並不是只有對他才會這樣，若即若離，感覺冰冷。

　　只是一直比較主動的他，漸漸還是感到一種總是在仰望、總是需要討好她的疲累與無力感。

　　然後有天，他終於承受不了，決定放手離開。

　　然後，三年零兩個月過去了，她還是跟從前一樣沒有改變，不會勉強迎合自己，不會讓他知道，她的內心感受與真正想法。

　　只是想到這裡，他又忍不住取笑自己……現在你們是什麼關係呢，為什麼她還要顧及你的感受，你的需要？

　　因此，最後，他還是主動去打破沉默：「嗯，夜了，明天

你還要上班吧？」

「是呀。」她輕輕回答。

「那麼……我們掛線吧，有機會的話，我們下次再談。」

「嗯。」

「有空的時候，你也可以打電話給我。」

「打這個電話嗎？」

「是的，打這一個。」他呼了口氣。

「嗯。」

「那……」

「對不起，」她忽然打斷他，「有些事情我想問你……」

「什麼事呢？」

「你這夜忽然找我，真的沒有其他事嗎？」

「沒有呀，就只是單純想念你這個朋友而已。」他讓自己輕快地笑。

「但……之前你都沒有找過我。」她仍是疑惑。

「是的，但其實，在我沒有去找你的同時，你也一樣沒有找過我吧。」

他忍不住這樣告訴她，同時間也感到一種前所未有的輕鬆，彷彿自己像是鼓起了勇氣，向她真實地表達了自己內心想法一樣。

「也是的。」

她最後就只是這樣回答。

「那麼，以後如果你想找我的時候，就隨時打來吧……我一定會接聽電話的。」他誠懇地說。

「嗯。」

「那麼……拜拜。」

「拜拜。」

不同的人，對「放下」這個詞語，有著不同的詮釋。

有些人，會選擇讓自己不聞不問，不去主動接觸，那些有可能會令自己再次被刺傷的回憶與灰暗。

有些人，會一邊想著要放下的人和事，一邊向自己許諾，明天真的要放下，明天真的是最後一次了。

有些人，會以某一個人或某一些事情作為契機，嘗試鼓起勇氣去重新面對、去接受或承認，那些其實早已過去，早應該放下的錯過與執迷，希望可以尋找到一個真正的結局，真正的答案。這樣自己可能就可以再重新開始，繼續往自己想要的人生前進。

當然，最後也不一定會成功，有時可能又會帶出更多的迷惘與遺憾。

他知道自己以後不會再去找她。

她應該也不會再主動聯繫自己。

但這夜，他終於可以聽見她說的一聲「拜拜」。

那一個無疾而終的故事，最後終於找到了一個完整的句號。

她看著顯示屏的來電紀錄。

那組屬於他的陌生手機號碼。

心裡一直反覆唸讀。

但最後她還是會想起，他以前的手機號碼。

這些年來，自己一直所記著，最熟悉也最遙遠的數字組合。

已經不再一樣了。

原來有些事情，自己從來沒有真正放下過。

從來都沒有。

只是，來到這天，也已經不可再追。

不會再重來。

Cause I'll never
be with you.

217

Cause I'll never
be with you.

17
/
舊同學

Cause I'll never
be with you.

如果你有一位
交往了十年以上的朋友
請記得要好好珍惜對方

如果你有一位
記住了十年以上的過客
請記得要好好善待自己

Cause I'll never
be with you.

何心言與蔡展文，曾經是一對無所不談的好朋友。

他們本身是中學同學，但不同班。蔡展文是 A 班的萬人迷，何心言在 B 班是尋常文靜類型女生。

在中學的六年裡，他們在走廊擦身而過七百二十三次，在小食部碰見三百一十二次，在回家路上遇到六十五次。

但兩人的交談次數，就只有零次。

畢業後，他們各自進了不同的大學，多年後朝著不同的行業發展。那時候臉書漸漸普及，他們都開了一個賬號，然後又跟著潮流，嘗試搜尋回以前的小學同學及中學同學。

有天，何心言找到一個中學校友會群組，見到蔡展文留下了自己名字與畢業年份，她立即記起他是以前 A 班的風頭躉。

她本來沒有想過要在他的名字下留言，只是群組裡她找不到其他以前認識的同學，就只有蔡展文是與自己同一屆畢業，於是最後唯有在他的留言裡回覆了自己的名字與班級，盼之後可以再遇到其他舊同學。

但想不到，蔡展文第二天就加了她的臉書，並說記得她這

個人，很高興可以找回同屆的中學同學。

　　兩人都談到了中學時的各種經歷和趣事，再漸漸說起畢業之後的發展和近況。從前何心言以為蔡展文是一個很喜歡炫耀的男生，因為以前中學時他會用昂貴的名牌書包，毛衣是印有馬仔 Logo 的 Ralph Lauren。但如今細談之下，何心言知道他仍然與爸媽同住，還有一個正在讀大學的弟弟，他一個人承擔了整個家的開支。

　　之後他們有時會約出來見面飯聚，分享彼此的工作趣事。他如今是一位在行內小有名氣的攝影師，偶爾她會請他幫忙，為她公司的產品拍攝相片。她知道他喜歡跑步，喜歡收集跑鞋，因此每當公司推出新款的運動鞋，她也會將一些多出來的樣品送給他。

　　有一次，他去了日本工作兩個星期。有天晚上，他忽然打視訊電話給她。她以前從來沒有和他視訊通話過，好奇地按下了接聽鍵。

　　原來他在澀谷經過一個化妝品牌的店鋪，記得她有用過那個品牌的唇彩，於是就想起要不要幫她買一些回香港。那時候她方知道，他一直有將自己放在心裡。

最後他沒有為她買下任何唇彩，兩人卻在視訊通話談了兩小時的電話。後來他回到香港，每星期他們都會約出來見面，一起晚飯、看電影、到酒吧、在海邊散步。

每次他都會送她回家，每次回家後她都會給他電話。只是兩人的關係始終沒有更進一步。

他一直都沒有開口，而她也總是覺得欠缺一些什麼。

偶爾她又會想，或許其實是自己單方面想得太多，自己就只不過是他的一位好朋友而已，因為他認識很多比她更漂亮的女性，因為他對所有人都是如此友善與溫柔。

大半年後，何心言與前任復合，她與蔡展文漸漸減少見面。復合前，她有問過蔡展文的看法，他細心分析後，認為她的前任應該是認真想與她重新開始，並鼓勵她可以嘗試與前任多點交往。

那時候何心言才真正確定，蔡展文就只是視她為一個普通的好朋友。

後來她與前任復合，但半年後又再次分手了。之後每次她認識新的男朋友，她都會請蔡展文幫她評分，偶爾他也會擔當

她的戀愛顧問、為她解決各種疑難煩惱。

　　兩年後，她在一個交友軟體認識了現在的另一半，並在一年後共偕連理，註冊成為夫婦。婚後，她辭去了本來的工作，專心為丈夫打理家頭細務，努力造人。時間轉瞬即逝，兩年後她已經是一對孩子的母親，每天都忙著要照顧孩子，看顧他們的成長，她越來越少聯絡以前的舊朋友，與蔡展文也接近三年沒有見面。

　　她知道他的事業越來越忙，在行內的名氣也越來越響亮，經常會到世界各地舉行影展或領獎，偶爾她會想，就算如今有時間再聯絡，她也不知道還可以跟他說什麼了，因為自己現在的世界就只有丈夫與兩個孩子，而自己也是心甘情願地繼續如此。

Cause I'll never
be with you.

　　2020 年，武漢肺炎爆發，世界大亂，她隨著丈夫一家人移民去到英國，在 Bristol 重新開展一個新的家庭。

　　這時兩個孩子開始長大懂事，不再像往時般需要全心全意費心照顧。每天她忙著為新居添置傢俱，打理灌溉花園草木，另有一番樂趣。

　　一天，有一個人在臉書向她提出交友邀請，原來是她以前的同班同學李彩儀，後來細談之下，知道李彩儀原來也移民到

了英國倫敦。半年後的一個下午，兩人在一家咖啡店裡約會相聚，是自中學畢業之後的第一次再見，彼此都有恍如隔世之感。

李彩儀又再次說起，幸好無意中在臉書找到中學的校友會群組，見到蔡展文的名字，然後再看到何心言的留言，才可以和她再次聯繫上。何心言問她有沒有在臉書邀請蔡展文成為朋友，李彩儀說有提出過交友邀請，但是他一直都沒有回應，大概是他已經不記得自己這個鄰班同學吧。

然後何心言跟她說起一些以前和蔡展文在香港時的往事。然後李彩儀提起，記得中學時蔡展文偶爾會來到 B 班教室，找他們的班長孫堅強談話聊天。孫聖強每次都忙著寫筆記、沒空理會他，但他每次都一直賴在孫堅強的身邊，直到上課鈴聲響起才肯離開。

何心言記起，中學的最後一年，自己是坐在孫堅強的前面，那時候好像真的經常在班裡看到蔡展文的身影，在自己的附近出現。但為什麼那時候自己反而沒有和蔡展文說過一句話，就連一句問好也不曾有過？她始終想不出原因。

晚上，她回到家裡，在 whatsapp 搜尋蔡展文的對話，上一次聊天，已經是三年前她傳給他的 Merry Christmas，而他之後也一直沒有回覆。

Cause I'll never
be with you.

不知道現在他在忙著什麼呢？不知道他是否還會記得自己這一位舊朋友。

想起這一個曾經如此靠近的人，如今竟然可以在自己的生活裡完全斷開了聯繫，她心裡不由得有點感慨。

希望他會依然過得好吧。

希望他終會找到，屬於他的快樂幸福。

Cause I'll never
be with you.

18
/
倒帶

Cause I'll never
be with you.

其實
他已經不是你最初認識的他
而你也已經不是從前的你了

來到這天
你仍會懷念以前
會不甘心最後得到這個結果
會好想讓一切從頭再來

但與其說
你是真的不捨得他
真的還對他有著太深的喜歡
不如說你是更加想念
那時候可以義無反顧
可以認真去愛的那一個自己

Cause I'll never
be with you.

第一日
······

我看著你，不敢稍動。

你看著我，想說未說。

我們之間，隔著餐桌，

想要靠近，卻似要穿過無垠宇宙。

第二日
······

你致電給我，

沒想到你會主動找我……

然後我裝作平常地，

跟你談了一整夜電話。

第五日
······

與你出外約會。

在車廂裡，你不停的找話說，

我一直努力細聽，盡量給你反應。

你偶爾露出緊張的神情，

似是想要改變某種氣氛，

但是你不會知道，

我的心情其實也是同樣的緊張。

Cause I'll never
be with you.

第八日
· · · · · ·

你突然出現在我面前，

跟我說了，你對我未曾說過的話……

在那一刻，

一直懸吊在半空中的不安與猶豫，

終於可以著地，

終於得到一個完美的答案。

最後，我哭了，

也一起笑了。

第十日
••••••

與你談電話，直至清晨。

這天，雖然我沒有見到你，

但你就似是，一直伴在我的身邊。

第十三日
•••••••

很想念你。

撥電話給你，你正在忙，

你說你也掛念我……

我有點高興，

你的聲音恍似魔法，

輕易讓我的不安一掃而空。

掛線後我突然想起，

其實，如果對象是你，

你要我一直想念下去，

我也願意……

第十五日

與你見面，

你牽我的手，牽得好緊。

我問你，為什麼要牽得這麼緊。

你笑答，這就是我愛你的方式，

可以嗎？

我低下頭，不回答你，

用心去感受這一刻，

你對我的關心與著緊。

雖然很多時候，

我們都未可陪伴在對方身邊，

但只要知道你是愛我的，

只是知道我們的心仍然伴在一起，

就已經足夠。

第十六日
· · · · · · ·

這天，你抱著我，

好緊，好緊……

第十八日
· · · · · · ·

彷彿天氣反映心情，

還是天氣影響了情緒？

這天的你，

總是冷然無語。

問你，你開口，

不問你，你繼續沉默，

就像是一個沒有表情的玩偶，

Cause I'll never
be with you.

就像是我一個人在自討苦吃……

第二十日
· · · · · · ·

與之前兩天不同，

這天你一反常態的變得多話，

對我也比較關心著緊。

與你相比，

我反而像是慢了半拍，

像是比較冷淡絕情，

像是一直讓你為難……

是我不好，

對不起……

可是直到夢裡，

我還是忘不了，

這天你的疲累目光，

還有刻意堆起的笑意。

第二十三日

不想再想得太多，

只想做好我自己。

我努力的對你笑，

倚在你旁邊，

迎合你的說話，

配合你的目光，

隨著你的步幅，走過每一條街道……

然後我忽然明白到，

為什麼你會有那種疲倦的眼神。

第二十四日

你忽然傳來訊息說，

這天沒有空，不能見面。

沒有空，是為了什麼？

我不能知道，我應否知道？

但是你一直沒有再回覆我的短訊，

晚上也沒有接聽我的電話。

第二十五日
· · · · · · · · ·

不要想更多，

不要想太多。

第二十六日
· · · · · · · · ·

彷彿始終避不過。

一些常見的誤會，

一點言語的差歧，

一個無心的謊言，

一下心跳的不再同步……

其實是因為什麼，

我都分不清楚，但是也都不再重要了。

Cause I'll never

be with you.

只記得，最後我無法忍耐，

說了一句自己從沒想過要說的晦氣話，

你冷漠地對我笑，

冷得讓我刺痛，

然後你重重的掛了線，

然後我拿著聽筒一直茫然。

Cause I'll never
be with you.

第二十八日
· · · · · · · · · ·

你說，不如冷靜一下。

我不懂回應。

其實我已經沒有任何挽回的力氣。

第三十日

· · · · · · ·

只是，真的要這樣嗎？

這天，我自己看了一齣電影，

這天，我自己去了最喜歡的餐廳，

這天，我自己去買了新的衣服，

這天，我自己去了海邊看日落，

這天，我自己讀了一遍日記，

這天，我自己⋯⋯

真的，要這樣下去嗎⋯⋯

第一日

· · · · · ·

我看著你，不敢稍動。

你看著我，想說未說。

我們之間，隔著餐桌，

想要靠近，卻似要穿過無垠宇宙。

第二日
. . . . . .

你致電給我，

沒想到你會主動找我⋯⋯

然後我裝作平常地，

跟你談了一整夜電話。

第三日
. . . . . .

與你出外約會。

在車廂裡，你不停的找話說，

我一直努力細聽，盡量給你反應。

你偶爾露出緊張的神情，

似是想要改變某種氣氛，

但是你不會知道，

我的心情其實也是同樣的緊張。

第十九日
‧ ‧ ‧ ‧ ‧ ‧ ‧

彷彿天氣反映心情，

還是天氣影響了情緒？

這天的你，

總是冷然無語。

問你，你開口，

Cause I'll never
be with you.

不問你，你繼續沉默，

就像是一個沒有表情的玩偶，

就像是我一個人在自討苦吃……

第二十七日

你說，不如冷靜一下。

我不懂回應。

Cause I'll never
be with you.

其實我已經沒有任何挽回的力氣。

第一日

我看著你，不敢稍動。

你看著我，想說未說。

我們之間，隔著餐桌，

想要靠近，卻似要穿過無垠宇宙。

第三十日
·······

只是，真的要這樣嗎？

這天，我自己看了一齣電影，

這天，我自己去了最喜歡的餐廳，

Cause I'll never
be with you.

這天，我自己去買了新的衣服，

這天，我自己去了海邊看日落，

這天，我自己讀了一遍日記，

這天，我自己……

真的，要這樣下去嗎……

第一日
. . . . . .

我看著你，不敢稍動。

你看著我，想說未說。

我們之間，隔著餐桌，

想要靠近，卻似要穿過無垠宇宙。

第三十一夜
. . . .

我坐在沙發上，拿著遙控器，

一個人對著細小的電視螢幕，

觀賞這一齣我最喜歡的電影。

這是一齣溫馨的電影，

每當我不開心時，

我就會找出來細看一遍。

我很喜歡導演的說故事技巧，

拍攝的風格與色調也很特別，

每次重看都會讓我有不同的發現，

男女主角的演技也是讓人觸動傾心。

只是，如果要挑剔的話，

我最不喜歡它的結局，

我討厭故事去到最後的部分時，

會漸漸發展成一個讓人痛心、

也不可以再重來的結尾……

因此，每次看這齣電影，

我都會準備遙控器，

在播放到最尾的部分前，

倒帶回到之前的片段，

讓我可以再重溫有過的快樂片段，

讓最後那一個不完美的結局，

永遠不再來……

Cause I'll never
be with you.

然後，

電話響起。

我拿起來接聽，

電話裡的你說，

很想見我……

然後，

右手的拇指又不禁地，

按下〔＜＜〕倒帶這一個鍵，

最後一次，

再多一次。

Cause I'll never
be with you.

19

不等

Cause I'll never
be with you.

有時候
你想要珍惜對方
但不等於對方也一樣
想要珍惜你
或想要你的珍惜

如果不能珍惜
那就唯有好好想念
如果連想念
也無法感到自在
那就不要再見

Cause I'll never
be with you.

「如果你喜歡一個人，但是對方不喜歡你，你會願意繼續等嗎？」

「不會啊。」Sica 看著自己的手機，亂笑回道：「為什麼要等呢？如果對方都不喜歡你，再等下去也是沒有結果啊。」

聽到她這樣說，Marco 心裡有點無奈，但還是接著問：「但如果你不放棄，嘗試再多等一會，等到對方改變心意……可能之後就會有不同的結果？」

Sica 看著他，重重的嘆了口氣，彷彿是覺得他真的太傻：「可能會有不同的結果，也可能是繼續沒有結果？就好像你去買彩券，繼續買你是有機會中獎，但其實你中獎的機會本來就是微乎其微，繼續下去也只是浪費金錢與時間而已。」

他半晌沒有說話，最後苦笑：「想不到你是這麼消極的人呢。」

「我只是實話實說而已。」她再次看回自己的手機，語重心長地說：「少一點不切實際的幻想與期望，這樣才不會換來更多失望啊。每一個人的耐心與勇氣也有限額，就算要等，也應該用來去等一些值得的人和事身上。」

「例如什麼才是值得去等呢？」

「你的功課嘍。」她放下手機，將他從書包剛拿出來的功課搶走，然後看著他得意地笑：「等了你一個早上，終於等到你的功課借我參考。」

「是抄考才對吧。」他苦笑。

只是 Sica 沒有再答話，全副心神都已經放在他的功課上。於是 Marco 也不再作聲，拿出自己的手機來撥，過了一會就忍不住伏在書桌上睡著了。

她看著他睡著了的臉，再看看坐在他前面的李詠儀，知道他剛才這樣煞有介事地問那些問題，只不過是想引起李詠儀的注意而已。

一年前她就已經察覺得到，他暗戀李詠儀，只是 Sica 也有一種直覺，李詠儀好像也有其他暗戀的對象。

但 Marco 一直沒有明說，因此 Sica 也一直沒有說穿。

中學畢業後，Marco 與 Sica 升讀同一間大學。李詠儀則升讀了另一間大學。

原以為 Marco 會就此死心，卻想不到，有一次他在 IG 主動問李詠儀的近況，兩人漸漸變得熟稔起來。偶爾他們會相約一起吃午飯，或看一場電影。偶爾，在課餘時，他會向 Sica 說起他和李詠儀的約會經過。

「如果你喜歡她，為什麼不快點向她表白呢？」Sica 每次都總會這樣揶揄他。

「我覺得她不會喜歡我。」每次，Marco 都會無奈苦笑。

「但你們會一起看電影，那至少她不是討厭你吧。」

雖然她口裡這樣說，但心裡卻暗地期望，Marco 又會說一些消極的話，來印證他與李詠儀的不可能。

只是這時候，他卻沉默不說話了。於是她又再問他：「還是你仍然想再等一段時間，希望可以改變她的想法或心意？」

但這次 Marco 卻搖搖頭，說：「或許如你以前所說……這次我不應該再等了。」

後來 Sica 都一直後悔，自己當時為什麼會問他那個問題。

因為他第二天就向李詠儀表白，然後兩人竟然成為了情侶。原來李詠儀在中學時的暗戀對象，就是坐在她後方的 Marco。原來他們是早已兩情相悅。

原來自己只是一廂情願。

而自從 Marco 與李詠儀在一起後，Sica 平時就很難再找到他。彷彿是他有心避開自己，除非是關於課堂上的事情，他很少會與她有任何私下交談。

漸漸，Sica 也不會再主動理會 Marco，既然他有心避開自己，那何必還要去自討苦吃。

即使她心裡一直都為了他突然這樣沒緣由地避開自己而耿耿於懷。

大學畢業後，Sica 進了一間廣告公司上班。

她知道 Marco 與朋友自資創業，在工廠區合夥開了一間特色咖啡店，一嚐做老闆的滋味。她上班的地點是東區，他的咖啡店位於大西北，她原本以為，將來不會再與他有任何交集。

　　但有一次，Sica 其中一名廣告客戶，指定廣告要到 Marco 的咖啡店進行拍攝。她不能反對客戶的想法，只好主動聯絡 Marco 詢問場地，想不到他沒有半點推托，馬上答應了她，讓她感到意外。

　　然後，在廣告拍攝的空檔，Marco 拿著他所沖調的咖啡，遞給忙到半死的 Sica，兩人又再重新聊起近況。聊到半途，忽然 Marco 看著她，鄭重地向她說了一聲「對不起」。

　　「為什麼突然向我道歉？」Sica 問他。

　　「因為我之前有一段時間對你很冷淡……雖然你可能已經忘記或不在乎了，但我覺得還是應該要向你道歉。」

　　她看著他的側臉，很想去問他，「是因為李詠儀的緣故嗎」，但最後她卻只是輕輕搖頭，喝了一口咖啡，然後就對他微笑一下，繼續去忙拍攝的工作。

　　不是她不想知道答案，只是她知道，無論自己怎麼回應，

在他面前，如今也就只不過是其中一個過客。相信明天以後，他也不會再記得自己的執迷不悟或假裝灑脫。即使來到這天，她仍然會為他當時的突然冷漠與疏遠而耿耿於懷，偶爾還是會在夢裡遇到那一個陌生淡漠的他，偶爾她還是會為自己當時的那一句話，而後悔不已……

但那些難過的日子終於成為過去，而且現在，她也終於等到了他的一聲「對不起」。

雖然她真正要等待的，最想要得到的，並不是這一句話。只是她也清楚知道，他不可能會喜歡自己。

早一點認清現實，總好過讓自己變得更加卑微。

兩年後，Marco 跟李詠儀分手了，因為他發現他們之間有第三者。

有一段時間，Marco 都會到酒吧借酒澆愁，偶爾 Sica 會陪他一起喝，偶爾她會截的士送爛醉的他回家。

然後有一次，在他喝醉之前，他將一串鎖匙放在她面前，說如果他喝醉了，如果她又會送他回家，到時她可以用這串鎖匙幫他打開家門。

　　Sica 最初有點猶豫，但最後還是將鎖匙收下了。

　　她知道，能夠擁有他的後備門匙，並不代表有什麼特別意思。

　　只要上去他的家，只要看到他家裡的擺設，仍然有著李詠儀的相片，還有她生活過的痕跡與氣息，Sica 都不能不提醒自己，他最重視最在乎的，始終是另一個人。

　　自己就只不過是他的中學同學，他的一名酒友，如此而已。

　　但偶爾，在送了喝醉的他回家後，她還是會留下來，為他整理房子，甚至是為他預備第二天的早餐。

　　直到，他終於從失戀的消沉中復原過來，他不再需要借酒澆愁。有一天，她趁著他在咖啡店工作的時候，偷偷上去他的家，將門匙留在他的飯桌上。

　　之後，她就再沒有上過他的家。偶爾他會主動邀約，例如

吃一場晚飯，或是看電影，偶爾她會應約，但很多時候，她都會找藉口推卻。

不想自己再有任何機會陷得太深。

又過幾年，Marco 遇到了新的對象，兩人很快便決定要註冊結婚。

Sica 最後有出席他們的婚宴，在宴席上，Marco 忽然主動提出，要跟她兩人單獨合照。

「不是應該也要請新娘子一起合照嗎？」Sica 問他。

Marco 卻一邊招手呼叫攝影師，一邊對她笑說：「那張之後可以再拍，但是現在我們要先拍一張。」

「……為什麼呢？」

「畢業後，我們從來沒有一起合照過啊……你難道沒有發現嗎？」

Cause I'll never
be with you.

不是沒有發現，只是她一直沒有主動說破而已。

最後，她對他說想到洗手間補妝，之後再跟他拍照。他無奈說好，然後她趁著眾人在忙的時候，悄悄離開了婚宴場地。

這是最後一次了，她對自己說。

不要再等一個沒有結果的人。

不要再讓自己用等待這個名義，去美化這一段將青春與心血白費的過程，去讓自己繼續無止境地期待，哪天他會終於明白自己的心意……

Cause I'll never
be with you.

哪天自己終於會捨得改變心意，放棄這一個不可能會忘記的誰。

Cause I'll never
be with you.

20
/
Set Dinner

Cause I'll never
be with you.

最傻的是
你以為只要對方
做了一些事情
超過你的底線
你就可以從此學會心死

然後對方
做了一件又一件
超越你底線的事情
而你的心始終都沒有死
並讓他成為你心裡
最無法放開的一個壞人

Cause I'll never
be with you.

夜，她來到這間餐廳，準備與他共度晚餐。

這間餐廳，是他們這些年來，經常約會的地點。他們第一次約會，也是在這裡用晚餐。

此刻她站在門前，看著餐廳的門牌，只覺門牌上燙上金漆的店名，好像變得有些暗淡。推開大門，走進餐廳的接待處，或許是因為裝潢已經很久沒有翻新，又或許今夜的食客並不太多，她突然覺得氣氛有點寂寥，一切已經不再如最初來到的時候那般，亮麗吸引。

然後她感到，一道目光在注視自己。她微微側頭，只見他原來已經坐在餐廳的角落。

「你遲到了。」她尚未走近，他已用上責備的語氣，對她說：「我已經等你等了二十分鐘。」

她只笑笑，來到這個他們以前經常用餐的位子，緩緩脫下外套坐下。

「遲到也不先致電告訴我，你可知道我等得有多悶？」他又說。

她明白到他生氣的原因，明白到要他在這裡獨自空等二十多分鐘會有多沉悶無聊，明白到他的性格是有多急躁而且不喜歡他人遲到，明白到餐廳的服務生們見到他自己一個人在呆等時，那種目光會令他有多尷尬和不自在……

但她只是輕輕地，對他說：「對不起，若你沒有空的話，就先走吧。」

他碰了一個軟釘子，原本想發作下去的話，變得再說不下去，於是他改口說：「我只是怕你有事而已。」

她沒有反應，逕自從服務生的手中接過餐牌。他有點氣餒，也跟著打開餐牌，然後就向侍者說：「要兩份 Set Dinner——」

「一份 Set Dinner 就好。」她打斷他，對服務生吩咐：「我只要一杯凍檸檬茶，謝謝。」

服務生走開後，他立即問她：「你不餓嗎？怎麼不點晚餐？」

這份晚餐，三年來，每次來到他們都一定會點選。

「我這夜沒有食慾。」她這樣說。

他看著眼前的她，忽然覺得有一點陌生，彷彿就跟從前自己所認識的那一個女朋友，變得完全不一樣。

「唔……近來，你做過些什麼？」

他放輕了聲音，盡量讓自己顯得溫柔。

「沒有什麼，都只是上班、下班、放假而已。」

可是得來的，是她沒有感情的公式回覆。

「那麼……放假時，你有做過什麼嗎？」

她看著自己的男朋友，聽到他向自己提出這一條問題，心裡不禁感到好笑。

明明之前已經沒有見面三個多星期了，明明已經很久沒有好好地通話超過十分鐘，在那些沒有見面的日子裡，他對自己從沒有太多留心與在意，為什麼要等到現在這刻終於可以見面，才變得稍微會對自己關心和著緊……她忽然覺得，從前自己一直期待渴求的這點關心，竟然變得有些廉價。

她拿起服務生送來的凍檸檬茶，緩緩地回答：「假期的時

候，也沒有去什麼地方，就只是在家裡看書而已。」

這時候，服務生又送上了 Set Dinner 的餐湯。按照過往的習慣，他應該會不理會她的反應或說話，逕自拿起匙羹來喝湯。但是此刻他卻不敢亂動，繼續努力想要打開和她的話題：「那麼……最近你在看什麼書？」

她卻沒有回話，一直咬著飲管，有一口沒一口地啜吸著凍檸檬茶。

他感到無奈，心裡又忍不住猜想，她這樣的舉動，是否在暗示不想再與自己說話？還是自己做錯了什麼事情，讓她不快？

是因為太久沒有與她約會嗎？還是一些自己不明白的原因？又還是……

她已經結識了另一個男生？

想到這裡，他覺得自己更不能夠錯過，眼前這一個可以挽救的機會。

「不如，晚飯後我們去附近逛一逛，看一場電影好嗎？」他努力地運轉頭腦，想出一些她應該會喜歡的節目。「看完電

影後，我們可以去我家附近的糖水店，吃宵夜……吃你最喜歡的芝麻糊？」

雖然他最後想到的，也是一些公式的節目——過去幾年來，其實每次也是這般的大同小異，在吃完晚飯後，就去看電影，或是無目的地四處遊逛，之後就去吃宵夜，然後，就是帶她回去自己的家。

他心裡不敢肯定，這夜是否還可以如往常般，按著那一套公式繼續發展。只是他也想知道，她會不會接受自己的這些提議，來測試她是否真的已經變了心。

可是，她依然沒有反應，一副不置可否的表情。

而手中的凍檸檬茶，不知不覺也已經被她喝掉大半。

他心裡苦笑了，手機卻在此時響了起來。於是他只好拿起來接聽。

「喂？嗯，嗯……不太方便，我明天再跟你談吧，我正在工作……就這樣，拜拜。」

她在對面靜靜看著他與別人談電話，看到他那一張有點不

自在、像是裝作很忙、又像是裝作不在乎的臉，她突然想起了，
以前打電話給他時的對話──

「喂？」

「你在哪……我想見你。」

「嗯……不太方便。」

「你在哪？」

「在開會。」

「那麼不如……等你下班後，我再來找你，好嗎？」

「我明天再找你吧，拜拜。」

「……喂？」

　　最後，她沒有再得到他的回應，因為他已經逕自掛斷了電
話。

　　而當時一直徘徊在內心的無奈與不安，之後卻始終無法化

解得了，始終都無法傳送給他知道。

此刻，他收起了手機，努力地讓自己展開微笑，對她用上最溫柔的語氣：「你是否有什麼心事或不快樂？你可以告訴我啊，我都會好好聆聽的。」

「為什麼你願意對我這麼好？」

她輕聲問他，同時間，從自己的手袋中拿出了手機。

「因為你是我的女朋友嘛！男朋友關心女朋友，是天經地義的事啊！」

他一臉認真的回答，她微微笑了一下，看著手機螢幕按鍵，對他說：「那麼，我有一個願望，你會替我達成嗎？」

「當然可以啊，是什麼願望呢？」

聽到她這樣提出要求，他頓時放下了心頭大石，因為只要她有任何願望想要他去達成，那即是代表她應該不是打算要離開他了。即使那些要求，自己可能未必能夠真的做到，又或是心甘情願想要去完成，但只要讓她看到自己有努力過，只要自己有答應去完成她的願望，他相信之後她就會放下那些多餘的

胡思亂想，之後她就會變回那一個千依百順的女朋友。

因為之前每一次，他都是用這樣的方式，來抒解她的渴求或不安。

她看著他，在手機上按下了發送鍵，然後抬起頭來，輕輕對他說：「我們，分手吧。」

「……為什麼？」

最初，他以為自己聽錯了，但是看到她一臉淡漠的表情，他心裡不由得相信，自己剛才是真的聽到「分手」這兩個字。只是在下一秒鐘，他又開始不明白，她為什麼會想要跟自己分手，跟自己這一個已經在一起三年的男朋友分手……難道她真的已經另結了新歡？

想到這裡，他心裡的不甘與憤怒，也開始在燃燒。

「你看看手機，你就會知道答案。」

但她就只是這樣回答，然後挽起手袋跟外套，轉身離開餐廳。

原本他想開口留住她，只是他實在不明白，她的這些舉動是代表什麼意思，因為自己從來沒有見過她的這一種面貌。

　　又過了一會，他彷彿終於接收到，她剛才對他所說的最後一句話，於是急忙地從衣袋掏出自己的手機，發現她剛才傳來了一個新的訊息，內容是一段影片。

　　然後他按鍵播放影片，然後他看見了，影片裡的自己⋯⋯

Cause I'll never
be with you.

　　上星期天，她來到了這間餐廳門前，一個人獨自回想，從前與他約會時的種種趣事，心裡默默思念著，這一個已經兩星期沒有見面的男朋友。

　　然後，她在餐廳門外，看到他在餐廳裡，正在跟另一個她晚飯。

　　他們的神態很親密，他的笑臉，比起自己與他相處的任何時候，都要更加溫柔，更加親切。

　　也要更加陌生。

她不敢相信，也不能接受，但是過了一會，又忍不住看著餐廳裡的他，苦笑了起來。

　　原來這間餐廳，並不只是屬於自己跟他的約會地點，自己也不是他唯一的女朋友。

　　飯後，他與那個女生，去看了一場電影。電影散場後，他帶那個女生去了糖水店吃宵夜，然後他們回去了他的家。

　　就跟自己約會時的情況，一模一樣。

　　其實，自己應該早就要發現這一個事實，其實，他最在乎的人，從來都只有他自己一個。只是自己卻為了他等了這些年，以為有天他真的會為自己改變，以為有天自己真的可以接受，這一種沒有太多愛情、也應該不會有未來的愛情關係。

　　還要繼續下去嗎？還要繼續來到這間餐廳，假裝一切如常，假裝去吃這一份，自己其實已經不太愛吃的 Set Dinner 嗎？

　　天亮了，她用手機拍下，他送那個女生到車站時，兩人吻別的一幕。

　　然後轉過身，告訴自己不要再心軟，不要再勉強自己，為

這一個不會在意珍惜自己的誰，留下更多眼淚與遺憾。

再痛也好，有天總會雨過天晴。

Cause I'll never
be with you.

Cause I'll never
be with you.

21
/
候車

Cause I'll never
be with you.

有些堅持

不是為了一個答案

而是不想讓自己錯過

Cause I'll never

be with you.

黃昏，她來到了這個小巴站，候車回家。

小巴站早已聚著七、八個候車的人，她守秩序地排在隊末。半分鐘後，她無意間轉身回望，自己後面已多了兩個人候車。她想，也許大家都跟她一樣，想著要快點回家。

等了一會，小巴來了，只是小巴早已滿載。小巴的擋風玻璃上，掛了一個「滿」字的膠牌，這個「滿」字就在一眾候車乘客眼前，一掠而過。

又等了一會，另一輛小巴來了，可是同樣的「滿」字依然出現，最後也同樣地一掠而去。這時有些乘客開始鼓噪，抱怨小巴一直沒有座位，只是她卻沒有半點不滿，就只是靜靜地繼續等。

又再等了一會，第三輛小巴出現。這次小巴沒有掛上「滿」字牌，還緩緩地駛到小巴站前停下。不過，這輛小巴就只剩下一個空位，只能載走一位候車的乘客。而這時候，候車的隊伍亦較之前變得更加長了。

然後等了不知多久，第四輛小巴突然來到，卻又再一次絕塵而去……

忽然，一輛巴士駛至，並在小巴站不遠處的巴士站停下。不少候車的人見狀，立即跑了過去，乘上了那一輛巴士。

　　她知道，那輛巴士其實跟小巴一樣，會前往同一個地區，自己可以乘坐那一輛巴士回家，只是下車後要走多一點路、花多一點時間罷了。不過她沒有移步，依然留在小巴站，繼續等候小巴。這時還留在小巴站的人，已經比之前少了大半。

　　之後，一直等一直等，眼前仍是不停出現「滿」字，偶爾小巴停下載走一個人，可是始終未輪到她。她不急，還是繼續等下去。

　　後來，有人走了去巴士站候車。後來，有人轉乘搭了的士。後來，有人往馬路的盡頭走去，然後消失不見……不經不覺，小巴站就只剩下她一個人仍然在等。她不急，還是繼續等下去。馬路上滿是車輛，不過沒有一輛是她想乘坐、或她可以乘坐的車，她讓它們在眼前走過，它們都在她的面前漸漸遠去……她不急，還是繼續等下去。

　　終於，一輛沒有乘客的小巴，駛到了小巴站，停在她的前

Cause I'll never
be with you.

面，靜候著她上車。

　　她滿心歡喜，輕快地踏上梯級，從銀包找出零錢來付車費。她選了最愛的靠窗位置坐下，打算一路欣賞窗外的風景，來襯托這刻心裡的滿足。

　　只是，她忽然察覺，窗外的天色已經暗下來……

　　只是，她忽然感到，空蕩的車廂像是有點寂寥……

　　只是，她忽然想起，自己為什麼想要回家，又有誰正在等著，自己回家……

Cause I'll never
be with you.

　　她開始有點懷念，之前一個人候車的時光。

Cause I'll never
be with you.

後記

/

不再靠近你，是放過自己，

也是一種自我放逐。

Cause I'll never

be with you.

有些人，有些事情，
最後還是不得不學習放棄。

是不得不放棄的，
當你知道，那些人與事，
其實從來都不屬於自己⋯⋯
每一次你看見，
那一個你最重視的人，
臉上所掛著的笑意與幸福，
是你所不能夠給予的，
是漸漸與你再無關係⋯⋯
有多少次，在和他說再見後，
你在心裡給自己設下一個期限，
下一次，不如不要再見吧，
從此以後，不如做回陌生人⋯⋯

然後，你懷著這種矛盾心理，
一點一點地去疏遠這一個，
你本來最捨不得放下的人。
最後你一定會成功做到的，
因為所謂友誼，或回憶，
有時原來比我們所想像的，
還要脆弱和渺小。

Cause I'll never
be with you.

只要你不主動，對方也不會主動，
只要你不坦誠，對方也不會察覺。
有天醒來，你會發現真的可以，
完全離開那一個人的身影，
再不需要繼續刻意去靠近和疏遠，
也不需要再追求他的允許與喜歡，
而最後始終不會得償所願。
你應該可以還自己一個自由了，
可以再次做回簡單純粹的自己，
不會再卑微，也不會再受傷。
是這樣吧，應該是這樣的……

但之後有多少個夜，
你還是會失眠，或突然夢醒，
然後茫然看著天花，反問自己，
為什麼自己會停留在這個地方，
為什麼當初會選擇首先放棄。
如果自己曾經對這一個人，
是真的如此喜歡和重視，
在往後的漫長人生裡，
是真的非要對方不可，
那麼即使前路再怎麼渺茫，
自己也應該繼續努力抓緊機會，

不應該輕言放手……

之後的日子，
總是會陷進這種不應該放手、
還是只能夠放手的迷思。
有時似乎可以看開或釋懷，
但有更多時候又會覺得，
自己是只有一敗塗地。
不想如此消沉下去，
有些人會暫時放棄思考，
也會變得越來越麻木，
漸漸忘記自己真正喜歡的人和事，
漸漸習慣不再面對真實的感受。
隨著年月過去，在內心長出一層繭，
抵擋或防禦新的傷害的同時，
也難以再讓自己或別人靠近。
然後偶爾又會問自己，
這樣下去真的好嗎？
這樣下去應該可以？
至少還可以繼續往前進。
但心裡有些重要的部分，
也是越來越往下沉，
沒有人會發現得到，

Cause I'll never
be with you.

自己也不知道再如何向人剖開。
就算身邊圍滿了人，
也猶如只有自己一個。
是有力氣可以往前走，
只是也已經不知道，
哪裡才是歸宿。

這樣的你，辛苦了。

Cause I'll never
be with you.

Middle

2024.01.05

再不需要

靠近你

MIDDLE 作品 12

再不需要靠近你/Middle著. -- 初版. -- 臺北市
：春天出版國際文化有限公司, 2024.02
　　面；　公分. -- (Middle作品；12)
　ISBN 978-957-741-804-3(平裝)

855　　　　　　　　　112022652

作　　　者　Middle
總　編　輯　莊宜勳
主　　編　鍾靈
封 面 設 計　克里斯
排　　版　三石設計

出　版　者　春天出版國際文化有限公司
地　　址　台北市大安區忠孝東路四段303號4樓之1
電　　話　02-7733-4070
傳　　眞　02-7733-4069
E ─ m a i l　story@bookspring.com.tw
網　　址　http://www.bookspring.com.tw
部　落　格　http://blog.pixnet.net/bookspring
郵 政 帳 號　19705538
戶　　名　春天出版國際文化有限公司
出 版 日 期　二〇二四年二月初版

定　　價　420元

總　經　銷　楨德圖書事業有限公司
地　　址　新北市新店區中興路二段196號8樓
電　　話　02-8919-3186
傳　　眞　02-8914-5524

Cause I'll never

be with you.